道化むさぼる揚羽の夢の

金子 薫 Kaoru Kaneko

新潮社

道化むさぼる揚羽の夢の

I

1　羽化する男たち

蛹《さなぎ》の形の拘束具に閉じ込められ、天野正一は夢を見るばかりと成り果てた。辛うじて首から上は外に出ているが、躰の方はすっぽりと金属の蛹に収まっており、糞尿を垂れ流す程度の自由しか許されていない。

天野だけではない。機械工として地下工場に召集された者たちは、おそらく誰も彼も同じ状況にある。首を捻り辺りを見渡せば、人の顔が露出している銀の蛹が、一定の間隔を空けて数限りなく、鎖によって天井から吊り下げられている。

天井のスプリンクラーは、本来は消火用なのだろうが、日に数度、機械工たちの喉を潤すべく散水を行っていた。命まで奪うつもりはないらしい。顔についた水滴を舐め、ひたすら夢想のなかに逃避して、どうにか天野は生きている。だが、限界は近いという予感もある。

最初のうちは、一体これは何なのか、と考えるだけの気力があった。考えたところで現状は変わらないにせよ、少なくとも悲惨な自己を直視し、あるかなきか分からぬ意味を探ろうと努めていた。今はそうでない。天野の躰は汚物を接合剤に蛹と癒着してしまっている。彼は蛹と一つになり、飛翔の夢を見ているのだった。

天野は天野でなくなったのかも知れない。身を捩ると蛹が揺れ動き、鎖が軋りを上げる。初めの頃は無駄な足掻きに過ぎなかったこの運動も、今の天野にとっては羽化の時期を予想するための行為になっている。

呻きに満ちた広間の宙空で、今日も彼は躰を揺さぶり、羽化の瞬間を今か今かと待ち侘びている。まだ躰はどろりと溶け始めておらず、蛹のなかには四肢が残っている。動かそうと思えば動かせる。思ったほど変容が進んでいないのなら、さっさと眠ってしまうに越したことはない。

微睡《まどろ》みのなかで天野はしばしば蝶になっていた。夢のなかでは色取り取りの翅をはためかせ、晴天の下、花畑を舞っていることが多かった。醒めてみれば、高く舞い上がるどころか地下の広間で拘束され、天井から吊るされ、自らの糞尿にまみれている。

ああ早く蝶になりたいものだ。それだけを願い、固く眼を瞑った。すると直後、スプリンクラーが散水を開始した。顔に降りかかってくる水を舌で受け、天野は歓喜ゆえ言葉にならない叫びを上げた。周囲の機械工も同様だった。廃水を使っているかも知れないというのに、皆口々に慈雨であるかの如く喜び讃えたのである。

瞼を閉じたまま、水滴を味わい、天野は考える。この雨は羽化の予兆であるに違いない。自分たちは越冬蛹で、降り注ぐ生温かい水は春雨なのだ。冬が過ぎ去り春が来た。無数の蛹が破れ、蝶が一斉に飛び立つ日は近い。


拘束が始まって数日、いよいよ蛹は床に下ろされた。機械工を蛹に押し込んだ男たち、地下工場の監督官が、今度はその手で皆を解放する。蛹の正面は左右に開くようになっており、彼らは手分けして順々に解錠していった。

拘束を解かれた機械工らは、天野も含め、意識が混濁しており、凄まじい飢えとも相俟って歩行すら困難な状態にあった。しかし監督官は容赦しない。数百人といる機械工に対して、彼らの数はおそらくその十分の一にも満たないが、鉄の棒による殴打が統制を可能にしていた。

鶯色の制服を着た監督官たちは、機械工を叩いて起立させると、地表近くの蛹の広間から、さらなる地下へ追い立てていく。口汚い言葉が追い討ちをかける。

「歩け、間抜けども！　仕事場に案内してやる」

「列を乱すな！　おい、おまえ、ぶん殴られたいのか？」

「よたよた歩いてると、蛹に逆戻りだぞ！」

蛹から抜け出したばかりの、無数の裸体が、罵言と殴打に脅かされ、広間からの出口を目指し、我先にと前進する。天野も床に転がる蛹の殻や鎖を跨いで一心不乱に歩く。鉄棒の一撃を避けるべく、皆が皆、より内側に入ろうと骨を折っていた。

拘束による衰弱で声もなく倒れてしまう者もいる。だが、蛹から出た者たちには互いを気遣う余裕がない。身を凭せかけ合い、互いに汚物を擦りつけ、立たない足腰を無理にでも立たせ、暴力から逃れることのみ考える。

コンクリートの床を裸足で歩き、両開きの扉から出ると、下りの短い鉄骨階段が現れた。階段を下りた所には、錆びついた鉄の引き戸があり、その先に十数人ずつ通されていく。天野も他の機械工たちと一緒に入る。

通された広間は縦に長く、天井を支えている柱が一直線、等間隔に立っていた。左右の壁際には監督官がずらりと並び、青いホースを構えていた。奥に開いている扉に向かって歩き出すなり、一行めがけて放水が始められた。

こびりついた糞まで流れはしないが、躰は幾らか綺麗になった。痛いほど激しく打ちつける冷水を浴びながら、天野たちは駆け抜ける如く部屋を通過する。寒さにかちかち歯を鳴らし、身を震わせながら、即席のシャワー室を後にした。

またもや鉄骨階段を下り始める。機械工たちは地下へ地下へ引き摺り込まれていく。前進を渋れば制裁が待っている。振り上げられた鉄の棒を恐れ、鼠のように巣穴に潜り続ける。但し自ら掘った穴ではない。

いつの間にか巨大なすり鉢状の空間に出ていた。大きく螺旋を描き、すり鉢の内部を壁に沿って下降しているのだった。

進行が停滞した時に、階段の手摺りから身を乗り出して、天野は下を覗き見る。螺旋の幅が次第に狭まっていくのが分かる。やはり円筒でなく、すり鉢のなかにいる。暗くてまだ見えないが、底に至るまで行進は続くように思われた。

列を崩したり整えたりしながら、天野たちは底を目指して歩く。呻きはすれど互いに言葉を交わすことはない。蛹から出られた幸福を味わう暇もなく、螺旋状の下降運動に巻き込まれてしまい、誰もが疲弊し切っていた。

一巡する度に幅を狭め、巨大な円を幾度も描き、機械工は底面まで辿り着いた。多くの者が身を縮め、小刻みに震えている。天野も指で鼻水を拭ってばかりいる。ただでさえ地下深く潜ったというのに、裸で、びしょ濡れで、素足で立っているのだから、無理もない。

すり鉢の底は楕円形をしており、ステンレス製の作業机が、おそらくは人数分以上に用意されている。汎用フライス盤、汎用旋盤、ボール盤、研削盤など、見慣れた機械が点在していることからも、ここが仕事場であると分かる。

見上げれば、すり鉢の内壁に巡らせるように、ぐるりと鉄骨階段が設えられている。自力で下ってきたとは信じ難い位に大きな螺旋を描いている。半ば意識を失いつつ、数時間あるいは半日ほども歩いてきたのだった。

監督官も徐々に集まってきていた。猟犬の如く天野たちを怯えさせ、時には鉄棒で叩きながら一緒に下りてきた連中のみならず、蛹の引き下ろしを行った者や、放水によって糞便を洗い流した者も、後ろからついてきていたらしい。皆が同じ鶯色の制服に身を包んでいるが、見覚えのある顔も幾つかあった。

やがて自然と、監督官は楕円の中心に、機械工は周縁に、まとまって立つようになった。一方は銀のボタンの光る制服を着込んでおり、他方は未だに糞のこびりついている裸体を晒している。裸に汚物を散らして立っているからか、天野には、不正は自分たちの側にあるように感じられた。すべて正当な処遇なのかも知れない。この思いは周囲を観察するうちに強まっていった。服も着ず、排泄の汚れまで放ったらかしにしているなんて、殴られても仕方ないではないか。監督官は皆、ぴったりとした制服を纏い、規律を重んじ、暴力も辞さない覚悟で秩序の維持に当たっているのに、我々はこの有り様ときている。

許しを哀願する如く瞳を潤ませ、機械工の合間から中央の監督官を見た。どうも段ボール箱を次々開けているようだった。数多くの裸体が犇めき合っているため、はっきりとは見えないが、派手な色合いの服を箱から取り出している。

仕事着が配られるのかと思うと感無量だった。さらに太い棒を取り出し、改めて殴打を始めるのではないか、と恐れていたため、喜びは一入《ひとしお》である。背伸びをしたり、軽く跳ねたりして、天野は贈り物を待ち続ける。

いつしか誰もが仕事着に気づき始めていた。中心近くに立つ機械工たちから同心円状に、楕円の縁に向かって騒《ざわ》めきが伝播していく。天野の隣に立っている、少し年長の、おそらくは三十代半ば程度の男性も、今や満面の笑みを浮かべ、爪先立ちで跳躍を繰り返していた。天野も負けじと跳ね、濡れた髪を振り乱す。

拡声器を通した監督官の声が、すり鉢の内部に反響する。

「諸君、これより作業服の支給を始める。蛹の期間に耐え、その上、よくここまで歩き通したものだ。当工場の機械工として、全員を正式に採用する。蛹から出て、この作業場へと下り、ついにおまえたちは蝶になる権利を得た。見るがいい」

横並びになった数人の監督官が作業服を高々と掲げた。背伸びをして眼を凝らすと、黄色の地に赤と黒で模様を描いた繋ぎであった。青と白も見える。辺りでは歓呼の声が上がり、天野も昂揚を抑えられずにいた。

「おまえたちの翅だ。穴の空くほど見つめ給え。この服を着た瞬間、おまえたちは一人前の機械工に生まれ変わる。これは早い者勝ちではない。蛹のなかで絶命した者や、ここまで辿り着けなかった者もいる。翅は余っている。さあ、ゆっくりと、押し合わずに取りに来なさい」

姿は見えないが、別の監督官も拡声器を通して叫んだ。

「翅は沢山ある！　決して駆け寄らず、落ち着いて取りに来い！　さもなければ、ここでぶちのめしてやるぞ」

機械工の群れが逸る気持ちを抑え、楕円の中心に向かって歩き出した。思わず駆け出しそうになりつつも、天野も辛抱強く歩を進める。どの裸体も眼を輝かせ、芋虫の己を捨てるべく、翅の方へと引き寄せられていく。

前の二人とはまた別の、姿の見えぬ監督官の声が響き渡る。

「受け取り次第、部屋に行き、シャワーを浴びてから着用しなさい。おまえらには家を用意してある。胸の刺繍は棟および部屋を示す番号になっている。糞のついた躰で着てはならん。団地への移動については、近くの監督官に指示を仰ぎ給え」

先頭の方では何人か、早くも作業服を手に取っていた。雄叫びを上げ、握り拳を突き上げる姿が見える。天野も周りの肉体ともども進む。中心に近づくにつれて足取りは軽くなり気持ちも舞い上がる。

「まだまだ翅はある。押すな駆けるな、指示が聞こえなくなるから喋るな！　箱に手を突っ込むなんて以ての外だ！」

「嬉しいのは分かるが、その場で直ちに着るなら、鉄槌を下さなくてはならん！　糞をつけるんじゃない。部屋だ、真っ直ぐ部屋に行くのだ」

「箱の前では一列になれ！　一人ずつ手渡しで与える。早歩きもしなくていい。時間はある。仕事は明日からだ。今日は、服を受け取ったら団地に行って、番号通りの部屋を探して休んでくれ」

天野は微笑を浮かべていた。どの監督官が怒鳴っているのか、拡声器が誰から誰に渡っているのか、もはや遮られずに見渡せるようになっていた。

「作業服を貰ったら、すぐに下がって道を開けなさい」

そう言った監督官は、黒縁の丸眼鏡をかけており、数着の衣装を抱え、一着ずつ配っていた。

天野はこの男から受け取ることになりそうだった。幾度となく注意が繰り返されているにも拘わらず、翅を前にすると抑えられなくなり、機械工たちは皆で雪崩れ込む如く前進していた。あと少し、あと少しだ、と念じつつ、天野も作業机の間を進んでいく。本当なら机に飛び乗り、ぴょんぴょん跳ねて進みたい位だった。しかし、それを見咎められて羽化の権利を失うのは御免である。翅の獲得を第一に考えなければならない。

通りざまに、冷ややかに光る工作機械を眺めると、それを稼働させている未来の自分の姿が浮かんできた。極彩色の繋ぎを着て作業に勤しむ、自由な蝶としての自分が、機械の傍らに予告されているかのようだった。

他の者と躰をぶつけ合いながらも、自らが裸であることすら忘れて歩き、ついに天野は監督官の前に立った。

丸眼鏡の監督官は服を渡して言った。

「これがおまえの服だ。サイズは合っているな？」

「問題ありません。ありがとうございます」

天野は頭を下げた。恐怖でなく感謝の念がそうさせた。

「おまえは今、名実ともに機械工になった。機械工のための団地は真下に用意してある。エレベーター乗り場まで案内してもらいなさい。それから、胸に刺繍されている番号を見て、指定の部屋に入りなさい。鍵は開いている。浴室で躰を流したら早速着てみるといい。くれぐれも糞で汚してくれるな」

黄色い作業服を胸に抱くなり、涙が零れた。蛹での拘束も、今この瞬間を迎えるためには、必要不可欠な出来事だった。地下工場に召集された理由を、天野は翅を得て漸く理解したように思った。

2　蝶となり蝶を拵える

朝早く鏡の前に立って、天野は飽きもせず自分の翅を眺めていた。黄色の生地に模様の織り成された繋ぎは、いつも着るだけで嬉しさが込み上げてくる。

鏡に映って反転しているが、右の胸には青色の糸で「三ノ一〇九」と刺繍されており、それは彼の暮らす部屋、三号棟の一〇九号室を意味していた。

地下工場はすり鉢でなく、実際には砂時計の形をしているらしかった。作業場が最深部なのかと思いきや、その下にもドーム状の空間が開けており、そこに工員向けの住宅団地が立っていた。四階建ての棟が全部で三つ、三角形を成して三角形の広場を囲んで立っている。広場の各頂点にはエレベーターの乗り場があり、それによって機械工たちは、毎朝、砂時計の括《くび》れを通るようにして作業場へと上昇していく。

工具一式と昼食の乾パンが入った鞄を提げ、天野は部屋から出た。エレベーター前の混雑を避けるため、少し早い時間に出勤するようにしていた。

早朝であるが外は昼の明るさだった。天井に設置された大型投光器が、ドームの内部を照らしている。天野は広場に入りベンチに腰を下ろした。広場には何人かの機械工の姿があった。色鮮やかな繋ぎを纏い、思い思いに出勤前の時間を過ごしている。一人で喫煙している者もいれば、数人で集まって談笑に耽っている者もいる。

靴紐を解き、支給された安全靴を脱ぎ、天野はベンチの上で胡座をかいた。それから自分の衣装をしげしげと眺め、夢のような幸福が夢ではないことを確かめる。先日まで生死の境を彷徨っていたとは、我が事ながら信じられない。

蛹から解き放たれ、翅を与えられた生き残りの機械工は、皆揃って成虫への変身を遂げた。だがその実、何か子供返りをしたようでもあった。広場にはブランコと滑り台が置かれており、それらの遊具は天野の気分に合っていた。

眼前で語らっている三人の機械工を見ながら、天野は、彼らがブランコで遊び始めるのではないかと想像していた。視線に気づいた三人組は、天野の坐るベンチに近づいてきた。

成人したばかりであろうか、三人のなかで最も年若く見える男が言った。

「おはようございます。今日も雨は降りませんね」

靴を履いて立ち上がり、天野は冗談に応える。

「それはそうでしょう。ここには空がありませんから」

残りの二人、天野と同じ位か幾らか年少の、二十代半ばに見える機械工たちは、二人揃って天井を見上げ、くすくす笑っている。天野は二人にも声をかける。

「ご覧の通り、晴れも雨もありません。あるのはコンクリートの天井と、太陽代わりの照明だけです。けれど、お蔭様で悪天候にはならないので、翅も濡れずに済みますし、我々としては大助かりですね」

二人は頷いたが一言も返さない。互いに見つめ合い、また笑い始める。両隣に微笑みかけてから、最年少の男が言った。

「この二人、滅多に喋らないんです」

天野は面食らって言った。

「さっきまであんなに喋ってたじゃないですか」

「いえ、頷いたり笑ったりしているだけですよ」

「へえ、そうでしたか。てっきり三人で話していたのかと」

最年少は辺りを憚り、声を落として言った。

「蛹に閉じ込められた所為で、言葉が出てこなくなったみたいです」

「どうやら、そういう方もいるようですね」

俯き、靴を見て、天野は考える。蛹の過程があったからこそ、今の綺麗な翅と新しい自分がある。こうして蝶になれた以上、空がなかろうとも、言葉が出なくなろうとも、恨みっこなしなのではないか。過酷な蛹の試練がなければ、翅の獲得による昂揚もあり得なかったのだから。

すべて必然と己に説いてから、天野は言った。

「そろそろ上に行こうと思うのですが、一緒にどうでしょうか」

「僕たちはもうしばらく散歩してから行きますよ。名前を教えてくれませんか？　僕は小川道夫といいます」

「天野正一です。お二人の名前は？」

小川は二人を交互に指して言った。

「ジャーナと、シャーンです」

「何ですって？」

「こちらがジャーナ、そしてこちらがシャーンです」

「いや、そうではなくて」

「ああ、僕がつけたんですよ」

天野は二人を改めて眺める。小川を挟み、向かって右に立つのがジャーナ、左に立つのがシャーンだった。どちらも褐色に日焼けをしているが、地下にいるからには徐々に白くなるに違いない。

左から順に背が高くなっていた。腕力は強そうだが背が低いのがシャーン、痩せ形で背が高いのがジャーナ、背丈も恰幅も二人の中間にあるのが小川道夫だった。

「二人とも名前を言わないものですから、僕が渾名をつけたのです。二人はここに来る以前から友達だったのだと思います。ひょっとしたらの話ですが、二人でいる時には仲良く喋っているのかも」

小川はジャーナとシャーンに挟まれて、最年少であるのに、頼もしい餓鬼大将の如く見えていた。

「天野さん、明日も会えたら嬉しいです。その時は四人で」

片足立ちになって靴紐を結び、天野は言葉を挟んだ。

「朝っぱらからブランコ遊びでもしましょうか」

小川は顔を綻ばせて言った。

「そんな歳じゃないでしょう？　でも、楽しいかも知れませんね。ブランコだってあるのですから、うん、確かに、使わないのは勿体ない」

ジャーナとシャーンも肩を震わせて笑っている。天野は二人の表情を観察し、それが同意の印であるのを確かめた。

「では明日の六時ちょうど、時計台の前に集まりませんか？」

天野の提案に、ジャーナは頷き、シャーンは白い前歯を見せて笑った。小川が三人を代表して言った。

「まさかブランコ遊びの約束をするとは思いませんでしたが、ええ、靴飛ばしでも何でもやってみたいです」

小川道夫、ジャーナ、シャーンと別れて、天野は広場の外れ、エレベーター乗り場の方へ歩く。歩きながら彼は考える。やはり子供返りをしている。公園で遊ぶ約束をするのも妙であるし、何より、名が分からないからと言って、適当な渾名をつけて済ませるなんて、どう考えても大人のすることではない。

八時に始業のサイレンが鳴り響き、機械が稼働して、工場は狂躁状態に陥った。切断、穿孔、研削、溶接と、幾種類もの工作機械が耳を聾する音を立て始めると、早くから坐っていた天野も、作業机に白い紙を広げ、ペンを執った。ステンレスの机の側面には「三ノ一〇九」と刻まれたプレートが貼られている。作業机は無秩序に散らばっている訳ではなく、団地の棟ごとに集められているのだった。

手始めに翅の輪郭を描く。天野には右の前翅から描く癖があった。思い切りよく曲線を引き、一枚、翅を出現させた。昆虫図鑑を参照する者とそうでない者がいるが、天野は後者だった。次に右の後翅を描く。前翅に合わせて勘を頼りに線を引く。金属の加工を生業にしてきたが、蝶を作るのは初めての経験であった。尾状突起が長く伸び、一々図鑑を参照していなくても、架空の蝶ではあるが、揚羽を思わせる輪郭が紙に浮かび上がる。

出来たばかりの翅二枚を見る。翅を眺めているうちに表情は柔らかくなり、場を満たす騒音も遠のいていった。右手と紙の境から蝶が生まれ出る瞬間、天野の胸は至福によって満たされる。彼は暮らしに満足していた。苦しみと引き換えに蝶になり、揚羽の如き作業服を得られたからこそ、今の仕事が愉しくて仕方ないのだ。やはり蛹の試練はなくてはならないものだったと言える。

しかし、監督官による巡廻が始まると、そんな余裕も消えてなくなる。至福を求めて作るというより、ただ痛みから逃れるために蝶を作るようになる。近くで男が呻き、天野は反射的に背筋を伸ばした。

振り返ると、今しがた棒で打ちつけられた男と眼が合った。男の後ろには監督官が立っている。殴られた男は助けを求める眼をしていたが、天野が動かないと悟るなり、恨みの表情を浮かべ、やがて机に突っ伏した。自分が殴られては堪らないと思い、天野も前に向き直り、左の翅を描き始める。

背中に視線を感じつつも、平静を装い、図案を縦半分に折った。右の前翅と後翅を左に写し取るつもりだった。監督官が後ろに立っているのか、すでに通り過ぎた後なのか、分からない。感じている眼差しは勘違いに過ぎないのかも知れない。だが振り向いて確認すれば、殴るには恰好の口実を与えてしまう。

左側に写し終えて紙を開くと、天野は背中を丸め、四枚の翅を凝視した。今度は模様と色を考える。手元に図鑑を置いていない以上、手を動かしてみるしかない。まずは右の前翅に翅脈を通していく。

またも後方で呻き声が上がった。監督官は立ち去らず、付近に留まり、殴打を続けているらしい。天野は振り返らない。ますます図案に顔を近づけ、翅以外には何も見えないようにする。

数多ある机の一つに齧りついて、誰もが皆、理不尽な仕打ちに怯えながら仕事をしている。天野はこの現実を忘れたかった。暴力さえなくなれば生活は完全なものとなる。殴られずとも夢中で蝶を作るのに、どうして制裁が要るのか理解できない。または蛹と同様、これも何らかの欠くべからざる試練なのか。

右の前翅に脈を通し終えると、続いて後翅にペンを走らせる。自分は何をしているのか。派手な繋ぎを貰った位で、なぜあんなにも大喜びをしたのか。この問いこそ災いの元だった。少しでも考えてしまうと精神の平衡は崩れ、蝶への変身もなかったことになる。冗談じゃない、冷静になどなってなるものか。膨らむより早く問いの芽を摘み、脇目も振らず天野は線を引く。

しかし翅脈を描いている途中、監督官の鉄棒が背中を打った。それほど強い一撃ではなかった。それでも天野はペンを落としてしまった。

振り向けば中年の監督官が怒りの形相を浮かべている。だが、内心では笑い出したいのに、無理に怒ろうとでもしているかの如く、表情はどこか不自然に見えた。眼元は緩み、口元は歪み、怒声よりも冷笑の似合う顔に変わっていく。

手を伸ばして床のペンを拾い、天野は尋ねた。

「何をしているのか見てから叩いたのですか？　真面目に、言いつけ通りに働いていました。それなのにどうして？」

「だらだら描いてるからだ。翅の下絵なんぞに長々時間を割いたら、胴体はどうなる？　いつになったら蝶が出来るのかね？」

天野は左手で一段目の抽斗《ひきだし》を開き、鋳造した真鍮の胴体を一つずつ取り出し、机に並べていった。まだ触角も口吻も脚も欠いている胴体が、ころり、ころりと、翅の図案の上に整列した。

「お言葉ですが、すでにこれだけの数を作ってあります。翅が出来ればすべて蝶に変わるのです」

監督官は鉄棒を振り上げて言った。

「そんなことは聞いておらん。下絵を描くのが遅すぎると言っているのだ。第一、翅どころか、脚の一本すら生えていないではないか。これでは芋虫だ！　それなのによくもまあ、一仕事終えたような顔ができたものだな」

天野は胸のファスナーを開け、ポケットをまさぐり、針金で拵えた脚を出した。胴の近くに並べながら彼は言った。

「脚だって触角だってあります。翅にもそんなに時間をかけやしません。あなたは懸命に働く者を殴ったのですよ」

言い終えてから後悔する。天野は見逃さなかった。監督官は薄笑いを浮かべたのである。忽ちにして棒が振り下ろされた。先とは比べものにならない位、強い力が込められていた。

右肩に激痛が走り、天野は椅子から崩れ落ちた。身悶えしているうち、隣の机の足にぶつかった。だが隣で仕事をしていた男は、天野が別の男にそうしたように、無視を決め込んだ。周囲の機械工たちも視線さえ送らず、何かを描いている振りをしたり、工具をかちゃかちゃと鳴らしたり、溶接棒をホルダーに挟んでみたりと、誰もが殴打を回避するのに必死だった。

満足そうに腕を組み、監督官は言った。

「警告しておくが、次は口答えなんてするんじゃないぞ。その反抗的な眼もさらに自分を苦しめる結果を招くだけだ。殴られようが、殴られまいが、最善を尽くして蝶を作りなさい」

不可解な言葉だった。いつでも最善を尽くしているのだから、殴られる理由は存在しない筈である。次なる獲物を求めて去っていく監督官を、天野は膝立ちになって呆然と見つめるばかりであった。

仕事が終わるとエレベーターに乗って、砂時計を落ちる砂の如く、天野は団地の立つドームに下りていった。三号棟の部屋に戻っても、パジャマに着替えようとは思えなかった。折角の翅を自ら切り落とすのには抵抗があった。

打撲の痛みを肩に感じながらも、天野は自分が自由な蝶であることを忘れまいとする。だが、部屋の有り様は豊かな幻想が生長するのを阻む。コンクリートが剝き出しになっている壁、錆びた鉄のベッド、病室を思わせる蛍光灯など、工員の気を滅入らせるために用意したかのようである。

窓際に置いてある段ボール箱から、馬鈴薯を三つ取り出した。朝に林檎を一つ、昼に乾パンを少々、そして夜には馬鈴薯三つに飯を茶碗一杯、と、決めた時間に決めたものを決めた分だけ食べる。人によって異なるが、天野は支給される食事をこのように配分していた。一日は赤い果実で始まり泥つきの根菜で終わる。

椅子に掛け、机の上のナイフを手に取った。切っ先を使い、馬鈴薯の芽を刳り貫く。屑籠に芽を捨てると、キッチンに向かった。水道水を鍋に入れ、三つの馬鈴薯を水中に泳がせ、つまみを捻り、ガスコンロの火をつける。

鍋に沈んだ馬鈴薯を眺め、沸騰を待ちながら、仕事について考える。蝶にそっくりの作業服を着て蝶を拵える。ここまではいい。だがなぜ日常的に殴られているのか。見習い時代から様々な工場を転々としてきたが、こんな扱いは初めてだった。不毛とも思える仕事をしていた時でさえ、殴られることなどなかった。

確かに、いつだって空腹に苛まれているとは言え、衣食住が保証されているのは有り難い。ここにいる限り、監督官から日用品を買う以外に金を使う機会はなく、給料は殆んど貯められる。一年も働けば結構な額になるだろう。だが、苛烈な暴力と引き換えであるなら、衣食住の保証と貯金が何になると言うのか。

鍋の底では気泡が発生し始めていた。火を強めると次々生まれ、急いで水面を目指すようになった。それが妙な現象でもあるかの如く、天野は対流する湯に揺すられる馬鈴薯を見つめていた。乏しい食事で肉体を保ち、棒での制裁を受けながら、蝶になって蝶を作る。この生活は一体何なのか。どうして自分は満足しているのか。どうして満足していると思いたがっているのか。

火はそのままにしてキッチンを離れ、天野は再び椅子に腰掛けた。自分が工場で何をしているのか、今一度確かめるため、抽斗を開いた。月末に納品する予定の完成品を、一頭ずつ机に並べていく。

真鍮や銅の肉を持ち、スプレーによって彩色された模造の蝶たちは、天野の机に止まって翅を休めている。翅を水平に開いている個体もあれば、垂直に立てている個体もある。十頭ほど蝶を並べると、苦悩は薄れ、得も言われぬ幸福が押し寄せてきた。

現状が最善なのだ。ほんの僅かな時間で蝶は天野を結論に導いてしまった。今が永久に続けばいい。寒さを堪えるように、上半身を両腕でさすり、天野は着ている繋ぎを躰に擦りつけた。服の模様が皮膚に浮かび上がればいいのに、と考える。そうなれば作業服を着なくても蝶になれる。その時こそ、蝶のようになるのではなく、真実、蝶になれるのではないか。

馬鈴薯が茹で上がる頃だった。天野は立ち上がり、机の左半分に蝶を寄せ、右に皿を置いた。炊飯器から飯を盛り、茶碗を皿と蝶の間に置いた。やがて湯を捨てた鍋を持ってきて、三つの馬鈴薯を平皿に転がした。バターは切らしていたので、箸で崩して塩のみ振りかける。

奥の部屋にある作業机は食卓を兼ねていた。輝く蝶を眺めながら質素な夕食を取る。茶碗を片手に、薄味の馬鈴薯を口に運んでいると、天野は、蝶たちにも花の蜜を吸わせてやりたくなった。

遠くまで飛ばすつもりが真上に蹴り上げてしまった。落ちてきた靴は危うく頭を直撃するところだった。

隣のブランコには小川道夫が乗っており、まだ靴は飛ばしていなかった。天野の靴はブランコの囲いすら越えなかったのだから、どう飛ばそうと小川が負ける筈はない。だが青年は容赦せず、自身の最高記録を出そうとする如く、全身を躍動させてブランコを漕ぎ、蹴り出す瞬間を窺っていた。

ジャーナとシャーンが前方に待機している。二人は記録係と、靴を拾って届ける役目を務めている。天野の靴が囲いのなかに落下したため、二人とも笑っていた。嘲笑ではなく頑是ない子供の笑いであった。

砂に左足を突っ張り、天野はブランコを止めた。思えば、砂は本物の砂であり、踏んでいる感触は快い。ブランコが止まってからも、すぐには右の靴を取りに行かず、左の靴の底で地面を擦り続けていた。

砂だけが本物であった。広場に植わっている樹木は、欅も、栃も、根から葉まで金属で出来ている。落ち葉さえ金属だった。喬木のみならず灌木、蕾を膨らませている沈丁花なども同様である。沈丁花は今にも開花しそうだが、誰かが花の部分を作り替えない限り、ここでは永遠に蕾のまま眠っている。

ブランコに掛けて踵で砂を掘っていると、隣から小川の靴が飛び出した。低空を飛んでいき、ジャーナとシャーンのすぐ前に落ち、大きく跳ねた。二人の間をすり抜け、砂埃を上げて転がったのち、靴は止まった。

鎖を軋らせ、ブランコの振幅を縮めつつ、小川は言った。

「やったぞ！　僕の勝ちだ！」

片足跳びで右の靴を取りに行き、天野は言った。

「完敗です。今度も駄目でした」

名づけ親に靴を届けるべく、ジャーナとシャーンが戻ってきた。靴を持っているのはジャーナの方で、シャーンは拍手をしている。小川の勝利を喜んでおり、特にシャーンはスキップまでしている位だった。

ジャーナもシャーンも、どうしてこんなにも小川に懐いているのか。小川は二人より年少である。渾名に感謝しているのだろうか。朝からブランコ遊びに興じながら、天野は三人の関係に興味を抱いていた。三人の遊ぶ姿には屈託がなく、本当に子供時代に返っている如く見えた。

ジャーナから受け取った靴を履き、小川は言った。

「もうひと勝負したいところですが、仕事の時間ですね」

ベンチに置いてあった鞄を取り、天野は言った。

「ジャーナさん、シャーンさん、お二人は満足できましたか？」

ジャーナもシャーンも言葉は返さない。ジャーナは深く頷き、シャーンはにっこりと笑った。

小川が二人に代わって答えた。

「大丈夫です。今日の二人、よく笑っていたじゃありませんか。これで仕事だって頑張れます」

小川道夫の顔は晴れ晴れとしていた。暴力への恐怖など微塵もないかのようだった。天野は好奇心から聞いてみた。

「蝶作り、好きですか？　理不尽に殴られますが、どうですか？」

尋ねるが早いか、小川の顔は強張り、朗らかな笑みは失われてしまった。

「好きです、勿論です。天野さんはどうですか？」

声は上擦っており、動揺を隠そうとしているのは明らかだった。自分のことを、機械工に紛れ込んだ監督官なのではないか、と疑っているのかも知れない。疑いを晴らすべく天野は言った。

「どうか安心してください。私は監督官ではありませんし、密偵でもありません。小川さんが仕事を悪く言っても、絶対に告げ口なんかしませんから」

「仕事は好きです。本当です。嘘じゃないです」

この瞬間、小川は苦悩する青年の表情を初めて見せた。折角ブランコで楽しく遊んだというのに、余計なことを聞いたのではないだろうか。気がつけば、後悔する天野を、ジャーナとシャーンまでが猜疑の眼で見つめている。子供返りの時間は終わった。暴力による制裁に怯え、互いを密告者ではないかと探る、大人の時間が訪れていた。

「ちょっと待ってください。告げ口なんてしませんったら。私は機械工です。私もあの暴力には疑問を抱いています。皆と同じく怯えながら働いています」

思慮深そうな顔で俯き、小川は恨めしげに呟いた。

「あの暴力は、何のつもりですか？」

天野の言葉を待つ三人は、ブランコ遊びをしていた先程までとはまるで異なる表情を浮かべていた。子供が成人するどころか、忽ち老け込んだかのようである。天野は不愉快な気分さえ抱き始めていた。睦まじく遊戯に耽っていた筈が、一つの問いを発したことをきっかけに、除け者にされてしまい、挙げ句の果てには暴力の行使者であるかの如く恨まれている。

「あの暴力は何か、ですって？　私に分かる訳ないでしょう？　私も殴られているのです。昨日だって肩をやられました。ほら、見てください」

天野は作業服のファスナーを下ろし、肌着の首元を引っ張って、右肩を露出させた。打ち身を晒しながら言った。

「ちょっと、あんまりじゃないですか。まるで私が殴ったみたいに非難の眼を向けるだなんて、ひどいですよ。これじゃ楽しかった靴飛ばしも台無しだ。仕事が好きかどうか聞いてみただけなのに。私だって殴られる側なんです。この服はその証明です。私も蛹の苦しみを経て、やっとこの工場の一員になったのです。蛹のなかで自分の汚物に鼻をやられ、漸くの思いで機械工になった、あなたたちの仲間です。信じてください」

天野は喋りながら三人の様子を窺っていたが、ジャーナとシャーンの変わりぶりには驚く外なかった。小川の傍で戯れていた子らはどこに消えたのか。小川の眼に映るものしか見えておらず、小川の言葉しか聞こえていないかのようだったというのに、今では二人とも眉間に皺を寄せ、注意深く天野の言葉に耳を傾け、矛盾が含まれていないか探っている。

傷を見せても効果がないなら、信頼を得るには仕事を悪く言うしかない。決心して天野は言った。

「私は蝶作りを天職だと思っています。朝、エレベーターで上の作業場まで行く。机に向かって蝶を作る。蝶の作業服を着て蝶を作る。素晴らしい毎日です。ですが、当然、不満に思うことはあるんです。この黄色い服を得るため、私たちは大きな犠牲を払いましたよね？　蛹の期間に死んでしまった人も少なくないと聞きます。それなのに、どうして蝶になって尚、殴られなくてはならないのかと、嫌気が差してくる。いいや、嫌気なんてものじゃない。まったくの絶望です。あの連中さえいなければ、もっと沢山の蝶を作ってみせるのに」

ここまで言って沈黙すると、天野は自分の眼を疑った。広場の風景があっという間に色褪せてしまった。どう見てもここは蝶の戯れる花畑ではなく、悪しき意図のもとで構成された地獄だった。勢い余って、監督官への不平不満を口にした結果、視界の靄《もや》が晴れてしまった。愕然として広場を見渡した。ここはどこなのか。蛹から出たかと思いきや、再び幽閉されている。これでは蛹の大きさが変化しただけである。

団地の広場に集まり、塗装もされていない金属の樹木を眺め、ブランコで遊び、靴を飛ばし、今の今まで我が身が自由であると思っていた。生き甲斐を与えられたと思っていた。天職に就いたと思っていた。これは何事なのか。気でも狂っていたのか。

自ら吐いた言葉が世界を見る眼を与えてくれた。俄に天野は怯え始めた。今度はこちらが猜疑に囚われる番だった。小川道夫、ジャーナ、シャーンも変貌を遂げ、僅かな表情の変化も、細かな仕草も、すべて意味ありげに映るようになり、三人は眼の前で監督官になっていた。

「と、まあ、こんなことも、考えているのです」

絞り出した声は掠れていた。右肩が痛みだしていた。今にもジャーナかシャーンが、服のなかに隠し持っていた鉄棒を振り上げ、小川道夫の指示で殴りかかってくるように思えてならない。だが、そうはならず、三人は監督官になるどころか、子供のような微笑を取り戻していた。表情は弛緩し、猜疑と非難の視線は和らいでいた。天野が疑心暗鬼に陥り動揺を見せたため、どうやら疑いは晴れたようだった。

申し訳なさそうに小川が言った。

「急に改まって、仕事は好きですか、なんて聞くものですから、こちらも構えてしまいました。ごめんなさいね。天野さんは本当は監督官で、殴られている振りをしながら、機械工の不満を聞き出して、その後でどこかに連行し、暴行を加えているのでは、と、疑ってしまったんです。さすがに警戒し過ぎですね。でも、どうか二人の傷を見てやってください。疑り深さも仕方ありません」

繋ぎを捲り、ジャーナは右の脛を、シャーンは左の肩を見せてくれた。天野の肩より遥かに痛ましい怪我だった。シャーンの肩には黒い痣があり、ジャーナの足には裂傷があった。ジャーナの方は作業服の裏地にも血が滲んでいる。ぎざぎざと刻みのある棒で殴られたらしい。

天野は狼狽して言った。

「ああ、もう、何と言っていいのやら。ひどい、ひど過ぎます。これは、さぞかし痛むでしょうね」

ジャーナとシャーンは傷を隠すと、また微笑みながら天野の眼を見つめ始めた。傷を見せ合い、互いに監督官ではないと証明し、漸く和解に至った。

広場にいる機械工は一人また一人と、エレベーター乗り場に向かっていた。部屋から出てくる者も多くなり、混雑を避けるためには、四人もそろそろ乗り場に行かねばならない頃合いだった。

銅板を切断して作った翅を、ベニヤを敷いてある机に並べると、天野は一枚一枚の翅に型紙を宛てがった。翅の模様に合わせて、所々刳り貫かれており、この型紙の上からスプレーを噴霧すれば、塗りたい箇所のみ彩色することができる。

黄色を基調にして、翅の縁は淡い青紫で塗り、最後に全体に白い斑点を散らすべく、三色分の型紙を用意しておいた。ベニヤの上には、四頭の蝶になる十六枚の翅を並べてある。まずは黄色のスプレーを手に取った。

十六の型紙を当ててある、十六の翅に、噴霧ボタンを押し、檸檬の黄色を吹きつけていく。赤みを帯びた銅も型紙もベニヤも斑《むら》なく黄色に変わり、鼻を突く刺激臭すら快く感じられ、またも天野は、今にも殴られかねないことを忘れて温かな幸福に浸っていた。

塗りたての翅に触らぬよう注意しつつ、ピンセットで型紙をぺりぺりと剝がす。黄色く染めた赤銅の翅を見て、彼は、それが自分の作業服と同じ色に変わったことを喜んだ。一体自分は何をしているのかと、ふと考えるも、十六枚の翅の鮮やかな黄色が眼に飛び込んでくると、昂揚してしまい、冷静に思索できなくなる。

天野は柔和な表情で翅を眺めていた。自分の作った架空の蝶の翅、揚羽のそれを思わせる形の翅が、黄色く染まったベニヤの上で金属の光沢を放っている。作業服の上から腹部をさすり、翅と同じ黄色の生地を撫で廻し、彼は自分も蝶になりたいと願った。

それでも監督官は現れる。鶯色の制服が辺りを行ったり来たりしている。自分の近くに来れば、やはり集中力は乱される。右肩が痺れ始め、背筋は不自然に伸び、鼓動も速くなっていく。見渡すまでもない。叫び声は至る所で上がっている。翅を机の隅に集め、黄色い塗料をドライヤーで乾かしながら、天野は逃避しようと努める。ドライヤーに耳を近づけて悲鳴を消し、煌《きら》めく翅を凝視して鶯色の人影を消し、自由な蝶の仲間であり続けようとする。だが逃避など不可能であり、一人の監督官が来るのが見えてしまった。

翅に熱風を当てる天野の右頬に、冷たい棒が触れた。

「おい、こっちを向け。調子はどうだね？」

天野はドライヤーの電源を切り、後ろを振り返って言った。

「これから紫で縁取りをして、白で模様を入れるつもりです。白の水玉模様にする予定なのですが、三角形を鏤《ちりば》めて、あえて人工的な、より工業製品らしい蝶にする可能性もあります」

「ふむ、なるほど。感心すべき働きぶりじゃないか」

「殴らないのですか？」

額の広い中年の監督官は、口元を尖らせ、きょとんとした顔で言った。

「どうしておまえを殴るのだ？」

「仕事をしていようとしていなかろうと、気の向くままに殴るじゃありませんか。理由なく自由に殴っているのでは？」

「言い掛かりはよしてくれよ！　殴りたいから殴っているのではなくて、俺たちも仕事をしているのだよ。うむ、どういうことかと言えばだな、もし機械工の様子を見て殴りたくなったら、是が非でも殴らなくてはいけないのだ。自由のように見えるが自由ではない。殴りたくなったら些《いささ》かの猶予もなしで、何事も考慮せずに、殴らねばならないのだから」

天野は暴力を予感しつつ、呼吸を整えて言った。

「やっぱり殴りたいから殴ってるんだ」

「話の分からない奴だな。俺たちだって一人一人、殴りたくなったら殴るようにと命令されているのだ。命令さ。少しでも殴りたいと思ったら、殴らなくてはならない。疑問を挟む余地などなしに、この鉄棒を力の限り振り下ろす。反対に、殴りたくなったのに殴らなかった場合や、殴りたくなかったのに殴りつけた場合は、命令に背いたことになる。どこに自由があるのかね？　機械工は蝶を作り、監督官は機械工を殴る。どこにも自由なんてない」

「どうか意味を教えてください」

鉄の棒を弄びながら首を傾げ、監督官は尋ねた。

「意味とは何かね？　俺の言ったことの意味かね？」

少し考えてから天野は言った。

「いいえ、私自身の意味を知りたいのです」

瞬間、監督官は鉄棒を振り下ろした。殴り易い位置にあるらしく、今日も右肩を打たれてしまった。監督官は笑って言った。

「これがおまえの意味だ。聞かずとも知っているだろうに」

天野は歯を食い縛り、呻くようにして言った。

「そして、これは、あなたの意味でもあるのですね」

完成品の揚羽蝶を眺めながら、天野は茹でたばかりの馬鈴薯を食べていた。箸で崩しては塩を振り直し、バターがあればと思いつつ、米と一緒に咀嚼する。

茶碗を机に置き、左手で抽斗を開く。抽斗には、団地の広場で拾ってきた模造の葉が敷き詰められている。虫食いの様子まで再現されている金属の葉を撫で廻し、気持ちを鎮めようとするのだが、上手くいかない。

　仕事帰りに広場を通り、わざわざ鞄に入れて持ち帰ってきた。落ち葉を拾うだけでなく、人目を盗み、金切鋏を使い、沈丁花および躑躅の蕾も幾つか手に入れた。危険を冒してまで欲しがった理由は、彼自身よく分からない。だが、今夜は葉や蕾なしで部屋に帰りたくなかった。

　それなのに撫でても撫でても安らぎは得られない。音を鳴らしながら葉を混ぜ、蕾をどんなに強く握り締めようとも、昂ぶる心は落ち着かない。居ても立ってもいられず、天野は部屋から出ることにした。

　残りの馬鈴薯を食べ、米も平らげ、食器を流しに置いた。軽く水で流してから玄関に向かい、安全靴を履いて扉を開いた。澄んだ夜の空気などありはしない。外部も相対的には内部でしかなく、ここでは屋外すら半ば密閉されている。

　天井の投光器はすでに切られており、広場の街灯や、部屋から洩れる蛍光灯の光のみが、辺りを照らしていた。見上げたところで月も星も出てはいないが、情景としてそう悪いとも感じられなかった。こんな場所でも夜は夜であり、外は外なのだろうか。

　もしかすると逃げられるのではないか。正三角形の広場を前に立ち、天野は初めて脱出について考えた。なぜこれまで逃げようと考えなかったのか。一度でも考えてしまうと、当然取るべき行動であるように思えてきた。

　蝶になったのだから、今後は身を捧げて蝶を作らねばならないとは、何とも幼稚な理屈である。

それに自分は蝶になどなっていない。蛹の時期は存在せず、羽化の瞬間も存在しなかった。あれは蛹でなく、肉体に苦痛を与え、人格を壊すために作られた装置であるに過ぎない。

柵を跨ぎ、植え込みを歩き、夜の広場に入っていきながら、昼間に続き、自分の意味は何かと考える。おまえの意味は殴られることだと監督官は言っていた。地下工場にいる限り、蝶を作ることは即ち殴られることである。殴られたくないなら、蝶作りをやめなくてはならない。

痛みに耐えながら蝶を作り続けるか、今すぐ逃げ出すか、決断を迫られているように感じた。気持ちを落ち着かせるため、天野は滑り台の階段に掛けた。左胸のポケットから脚と触角を出すと、それらの針金を掌に並べ、人差し指で一本ずつ撫でてみた。

小川道夫、ジャーナ、シャーンと思しき人影は見当たらないが、天野は、今こそ靴を飛ばしてみたくなった。この滑り台の天辺から蹴り出して、中央に聳え立つ時計台まで飛ばせたら、その瞬間に逃げ始める。飛ばせなければ、死ぬまで留まり、殴られようが蹴られようが蝶を作り続ける。

天野は滑り台を登りだした。自らを運に委ねて台無しにしてみたかった。十五段ほど上って天辺に立つと、両脇の手摺りを摑み、右足の踵を靴から出した。滑り台は広場の中心を向いており、このまま真っ直ぐ蹴り出すなら、安全靴は時計台まで届き得る。

時計台の向こうにブランコがある。時計台までと言わず、あのブランコにまで届くように蹴ってやる、と念じながら、右足を後方に振り上げた。しかし蹴り出す決心がつかず、天野はそのままの姿勢で躰を硬直させた。やがて蹴り足を下ろし、滑り台の天辺で靴を履き直した。

情けないことに、届かない場合より届いてしまう場合を恐れていた。時計台に届いてしまえば、その瞬間に逃げ出さねばならない。天野は自分が逃げられるとは露も信じていないことに気がついた。

3　芋虫たちの楽園

夜、天野は床に横たわり天井を見ていた。ベッドは使わずに、床にマットレスを置いて寝るようになっていた。橙色の常夜灯が点灯しており、寝床を囲む如く金属製の葉が撒かれている。まるで自室にいながら野宿しているかのようだが、辺りに撒かれているのは葉だけではない。無数の芋虫が眠りこけている。

一体何をしているのかと、時に自分自身の正気を疑う。しかし仮に理性を失っているならば、正気を疑うこともないのではないか。断じて狂ってしまった訳ではない、と、彼は自らに言い聞かせていた。

日中には翅を作る振りをして葉を作り、胴体を作る振りをして芋虫を作り、天野は密かに楽園の構築に励んでいた。翅脈を描いているように装いつつ、その実、描いているのは葉脈であったり、一見すると成虫の胴体を拵えているように見せかけながら、頭に手を加えるだけで幼虫に退行させ得るものを拵えていたりと、あの手この手を使い、作業場で幼虫と葉を作り続けていた。

あれほど気に入っていた揚羽の作業服も部屋では着なくなってしまった。部屋に戻るなり、パジャマに着替えるようにしていた。パジャマも、わざわざ黄揚羽の幼虫の色に染めてあった。スプレーで黄緑色に塗り替え、黒の塗料で横縞を入れ、それぞれの縞に橙色の斑点を入れたのである。

天野は蝶より幼虫に惹かれるようになっていた。パジャマは塗料が固まってごわごわとしており、着心地は最悪とも言えるのだが、これを着て寝転がり、鉄や銅の葉を掻き混ぜ、真鍮の幼虫と戯れている時のみ、安心と幸福を感じられた。

もはや蝶を作る仕事は歓びを与えてくれなかった。どんなに懸命に作ろうとも、常に激しい痛みがあり、傷が癒えたかと思いきや、新たに血が流れ痣ができ、躰は滅茶苦茶になる。だが、蝶作りは天職ではなかったと確信するに至り、漸く天野は救われた。蝶になって蝶を拵えるのではなく、蝶に擬態して蝶を拵えながら、陰でこっそり芋虫を生み出し、葉を敷いた部屋に放してやる。芋虫作りこそが天職であった。

ひょっとすると、工場からは逃げられなくても、幼虫たちを作っていれば自分も蝶から幼虫に戻れるかも知れない。蛹に拘束される前の自分と再会できるかも知れない。楽観的な推論を楽観的と知りつつ重ね、天野は結論に達したのである。ある日、私は芋虫へと変わっている。ある日、私は一切の苦しみから免れている。ある日、私は何も思考せず無心に葉を齧るばかりとなっている。

塗料の臭いを放つ、新たな衣装を纏い、天野は幼虫になったつもりで寝床を転げ廻っていた。右の上腕全体と左の肘に傷を負っており、パジャマと擦れる度に鋭い痛みが走る。体液を分泌し、青葉の上をのたくる芋虫、それが彼の思い描く自らの姿だった。

床に散らされている葉を集め、毛布や掛け布団で包み、パジャマの上から自分の躰に擦りつける。時にはパジャマのなかに入れて、冷たい感触を直に感じてみる。そうしていると、このまま寝床で蛹化したくなってくる。しかし、誘惑には抗わねばならない。蛹を作れば蝶に変身する羽目になる。綺麗な翅は所詮、殴打のための目印でしかない。

のたくりながら、耳元で葉と葉を擦り合わせ、音を鳴らしたり、幼虫を弄《いじ》ったりしているうちに、瞼が重たくなってきた。上体を起こし、寝床から葉を払うと、天野は再び横たわり眼を閉じた。

鉄棒で打たれ、仕事を中断させられた。殴られることに慣れてしまった天野は、左肘の痛みに悶えつつも自らの幸運に感謝していた。仮に溶接作業中に殴られていたなら、火傷あるいは感電死の虞《おそれ》もあった。だが今のように図案を描いている時であれば、どれだけ殴られても大事には至らない。

何か言おうが沈黙していようが、いずれにせよ殴られる。天野は恐れず、素直に疑問を口にした。

「なぜ殴ったのですか？」

「あまりにのろいからだ」

監督官は即座に答えたが、殴ったことすら忘れているかのような、感情の籠もっていない口ぶりだった。

天野は肘をさすりながら言った。

「怒っていなくても人を殴れるのですね」

「また愚かな問答でもしたいのかね？」

「ああ、あなたでしたか」

相手はすでに何度か天野を殴ったことのある、額の広い中年の監督官だった。

「たとえ仕事が速くても、あなたは私を殴るでしょうね」

言った瞬間に右肩を叩かれた。天野は肩を押さえ、歯を食い縛り、呻きを上げる。殴打に慣れようとも痛みは痛みのままである。

監督官は言った。

「言い分を聞いてから殴ろうかと思ったが、前にも言ったように、殴りたいと思ったら、すぐに殴らないといけないのでね。さて、言い分を聞こうじゃないか。どうやら今日も無益な問答をしたいらしい」

「仕事が進んでいる場合でも、あなたは私を殴りつけるのです」

天野は口を閉ざして間を空けた。今度は殴られなかった。監督官は寛容な心を示す如く、口角を上げて笑い、話の続きを促していた。

「私は理解しました。地下工場にはまったく意味なんてないんです。仰る通りこの問答も無益なもので、意味はありませんし、問答以外のこと、蝶を作る仕事にだって意味はありません。無意味な仕事をめぐる無意味な対話によって、自分の意味を探ろうとする。先日の私はどうかしていました」

「意味がないとはどういうことか、詳しく説明してくれないか？」

　監督官の笑みは消えていない。鉄の棒をこれ見よがしに弄んではいるが、しばらくは殴られずに話せそうだった。

「誰もここで作られる蝶など求めていません」

　言おうと思っていた言葉とは違った。しかし言いたかった言葉は思い出せない。この言葉とは違うように思える。天野は言い足すため、または前の言葉を消してしまうため、語り続ける。

「仕事を急かさねばならないほど蝶に需要があるなら、どうして分業体制を敷かないのですか。翅、胴、触角、脚、何でもかんでも一人で作って互いに協力しないだなんて、とてもじゃないけれど効率的とは言えないですよね。そもそも私たちは本当に機械工なのでしょうか。模造の蝶を作るばかりで、持っている技術を活かせてはいますが、別に機械を製造している訳ではありません。羽搏けるように撥条《ぜんまい》を仕込むことはあっても、それでも精巧な機械とは程遠いものを作っています。まるで子供の玩具のようなものです。殴られながら単なる玩具を作っている。そう考えてみると、やはり私自身にも、仕事にも、工場にも、この対話にも、意味なんてまったくないと考えるのが自然なのです。急いで蝶を作っても、のろのろ蝶を作っても、何も変わらないのではありませんか？　どうなのでしょうか。蝶を欲しがる人など一人もいない。最近は毎日そう考えています。いいえ、最近でなく、たった今、私の言葉が私に教えてくれました。私の蝶を欲しがっている人はこの世界に一人もいないのです。私は理解しました。誰からも必要とされていない蝶を、棒で全身を殴られながら、私たちは作っているのです。仕事が速くても、遅くても、あなたは私を殴ります。あなたは殴る無意味で、私は殴られる無意味なのです」

天野が言い終えると、監督官は棒を振り上げた。咄嗟に頭を守ろうとしたが、振り下ろされはしなかった。見れば監督官はまだ笑っている。

「何とでも言えばいい。しかし、そうなると、ここに立っているこの俺、鉄棒を使っておまえをどやしつける俺も、意味など持たないことになる。地下工場に意味がなくて、機械工にも意味がないなら、おまえたちを見張る俺たち、監督官とは何なのだ？」

「あなたの仕事にも意味なんてありません。あなたは無意味です。蝶を作る仕事に意味がないのなら、それを監督する仕事にも意味はないでしょう」

すぐに棒が振り下ろされた。再び右肩を打たれ、一瞬、視界がちかちかと明滅した。周囲に響く騒音も消え、束の間、天野は音のない空間に投げ出された。

やがて作業の音が戻り、監督官の言葉も聞こえてきた。

「だから前にも言っただろう？　それがおまえの意味だ。そしてこれは俺の意味でもある。殴る者がいるなら殴られる者がいる。殴られる者がいるなら、つまりは力一杯殴りつける者がいる。これだって立派な意味じゃないかね」

額の汗を袖で拭い、天野は呟いた。

「話を続けても仕方がなさそうですね」

「うむ、意味のない問答だ。意味を作れるのはこの鉄棒だけさ」

中年の監督官のひけらかす鉄の棒は棍棒のように太かった。監督官は銘々自分の棒に細工を施しており、苦しませ方を独自に研究しているようだった。

天野は言った。

「あなたの言うことはおそらく間違っています。蝶に意味がない以上、その棒にも意味はない筈です。でも機械工に与えられる鉄棒の痛みが、間違っているのに、無理にでも真実を説いてしまいます」

「もう一発殴られる前に仕事に戻れ。親切心からの忠告だ」

椅子に深く掛け直してから、天野は言った。

「その前に一つだけ教えてくれませんか」

「くだらぬ質問でなければ答えてやってもいい」

半ば諦めつつ、それでも思い切って尋ねる。

「私たちの蝶はどこへ行くのですか?」

天野は監督官の眼を見据え、はっきりした口調で尋ねた。すると周囲の機械工も手を止め、答えを聞くために耳を傾けるようになった。監督官は嘲りを隠そうともせず、大きな声で言い放った。

「それこそ世にもくだらぬ質問だ。聞いてどうする？　キャベツ畑に卵を産みに飛んでいく。そう答えれば満足するのかね？　それとも、柑橘類の果樹園にでも放してやると言えば、大いに満足か？」

天野は勿論のこと、聞き耳を立てていた機械工らも、項垂れるなどして失意を露わにした。監督官は破顔一笑、上機嫌になって言った。

「まあ、蝶はどこへでも行くだろう。意味がないとは限らんよ。おまえたちの心配することじゃない。もういいから、さっさと作業を再開しろ。何を悲しそうに俯いているのかね？　動かないときつい一発を食らわせるぞ」

自らの脅し文句に満足したのか、監督官は口笛を吹きながら立ち去った。天野は背筋を伸ばすことも適わず、机に突っ伏した。今すぐ眠ってしまいたかった。別の監督官が来る前に仕事を始めねばならないが、どうにも躰を起こせない。

殴られたばかりの右肩や左肘は言うまでもなく、右の上腕にある治っていない傷も、依然として痛む。瞼を閉じると、額を載せている腕に涙が滴った。だが、意外にも机に伏せた顔は笑っていた。

監督官も、他の機械工も、ここにいる誰もが自分の正体を知らないのだ。天野は笑いを抑えられなかった。蝶の作業服は擬態に過ぎず、本当の私は翅など持たない芋虫でしかない。好きなだけ殴ればいい。そこにいる蝶は私ではない。

天野とジャーナとシャーン、三人の泥棒は公園を駆け、三人の警察から逃げている。警察の側には小川道夫と中川陽介と古谷歩がいる。ケイドロまたはドロケイを提案したのは、新しく友人になった中川と古谷であった。

朝夕に公園で遊ぶことを日課としていた天野、小川、ジャーナ、シャーンに、中川と古谷が興味を示し、今や六人から成る小集団が作られ、朝には靴飛ばしを、夜にはケイドロやキックベースを楽しむようになっていた。

すでに四十代半ばを過ぎている古谷が、息も絶え絶えになりつつ、執拗に天野を追いかけてくる。天野だけが作業服を着ておらず、自ら幼虫の色に染めたパジャマで臨んでいる。どうしても目立つためか、警察官は他の誰を差し置いても彼を追いたくなるようだった。

だが天野はなかなか捕まらない。軽快に走りながら、蝶よりも芋虫の方が俊敏に動くとは何事か、などと考えて苦笑する余裕すらあった。ケイドロはいつも楽しかったが、彼は特に泥棒になることを好んでいた。

巧みに相手を惑わし、ブランコの囲いを飛び越え、天野は走る。体力の尽きた古谷を振り切ってから、小川と中川によって挟み撃ちにされ、捕まりかけているシャーンを救うべく、時計台の方に駆けていく。

天野は大声で言った。

「何してる、こっちだ！」

小川と中川は挑発に乗ってくれた。時計台の裏に追い詰めた獲物、大汗をかいているシャーンを見逃して、二人で天野を追い始めた。

「天野さんを、まずは天野さんを！」

小川がそう言うと、中川も声を嗄らして叫ぶ。

「あの人を捕まえちゃえば、あとは簡単だ！」

中川陽介は小川より若く、まだ十八か十九ほどであった。この二人を相手に逃げ切れるとは思っていない。逃げ切れなくてもよかった。天野は風を切って逃げる時間が好きだった。幼虫に戻るべく作った衣装を着ておきながら、空を舞う蝶に未練を残しているのだろうか。彼は再び大声で言った。

「芋虫にも追いつけない癖して何が蝶だ！　捕まえてみろったら！」

六人の遊ぶ様子を眺めている機械工も少なくなかった。団地の共用部、廊下や階段に立ち、煙草を吸いながら見ている者もいる。労働に心身を蝕まれてはいるが、本心ではケイドロに参加したいのかも知れない。

天野は機械工の視線を感じながら、自分が小川と中川から逃げられたら、ケイドロの参加者は増えるのではないか、と考えていた。この瞬間、天野にとって警官は監督官であり、泥棒は機械工であった。

時間切れになれば泥棒の勝ちである。このまま逃げ切れるのではないかと思い、天野は後ろを振り返った。その時、予想以上に近くまで迫っていた、小川の手がぐいと伸びて、呆気なく捕まってしまった。

「残念、ここまでか！」

小川も肩で息をしながら言った。

「いや、どうにか、捕まえられました」

滑り台は地面に描かれた楕円で囲まれており、円の内部が牢屋になっている。天野は小川に連行されて円に入る。小川と一緒に天野を追いかけていた中川は、十代の体力を活かし、止まることなく踵を返すと、ジャーナとシャーンを捕らえに行った。

天野の隣で小川が声を張り上げた。

「古谷さん、見張りをお願いしますね！」

地面に仰向けになっていた古谷は、のっそり起き上がり、背中の砂を払い、滑り台に近づいてきた。天野はジャーナとシャーンの姿を探した。ジャーナは未だにブランコの柵に坐っており、シャーンは植え込みの陰に隠れているが、滑り台の位置からは丸見えだった。

古谷に見張りを任せて小川は走り去った。彼もシャーンを見つけたらしく、脇目も振らずに駆けていく。

滑り台の側面に寄りかかり、古谷が呟いた。

「皆さん、本当に元気ですね。私はもう三秒と走れません。ああ、今回も役に立てそうにない」

疾走する小川の背中を眺めつつ、天野は言った。

「いえ、牢番だって大事な役目ですよ、古谷さん」

ケイドロを終えて部屋に戻ってきた天野は、この日作ったばかりの幼虫と葉を鞄から出し、辺りに並べ始めた。少年期に返った如くケイドロをしたかと思えば、今度は人形遊びでもするかの如く、芋虫を床に配置していくとは、さすがに自嘲せずにはいられない。

しかし、蝶の衣装を着て蝶を作り、背中に鉄の棒の一撃を貰い続けること自体、狂っているのだから、私は何をしても構わない筈だ。ましてや監督官の眼を盗み、幼虫を作ること位、当然許されて然るべきである。そう考え、反抗することなく、完全に服従することもなく、天野はどうにか己を保ち続けていた。

幼虫作りには幾らかの後ろめたさもあった。許されて然るべきだと確信しており、これ見よがしに幼虫の色、黄緑色に染め上げたパジャマを着て参加しているにも拘わらず、ケイドロ仲間には何も打ち明けていなかった。

密告を警戒している訳ではない。小川道夫、ジャーナ、シャーンは無論、新しく友人になった中川陽介と古谷歩も信用している。天野が幼虫のいる自室について喋らないのは、縋りついている幻想の不合理を指摘されたくないからだった。

不合理なことをしているのは固《もと》より承知の上であり、そうと知りながら幼虫への退行を夢見ているのである。根本的な打開策である逃亡以外、すべては気晴らしの域を出ないにせよ、地下工場の構造から言っても逃亡こそ夢物語であった。夜中にエレベーターで作業場まで上昇し、すり鉢の内壁に沿って半日も階段を上り、蛹の吊り下がっている広間から誰にも見られず外へ出るなど、凡そ不可能であるに違いない。

天野は撒いた葉の上に幼虫たちを載せた。今回の幼虫もいつもと同様、小指より少し小さい位の大きさであり、蛹を作る前の終齢幼虫を意識して拵えたものだった。それから机に鞄を置いた。鞄には何本かのスプレーが入っており、パジャマを染め上げたように、今夜は鉄や真鍮の芋虫にも色をつけてみたかった。

床に置かれたマットレスに寝転がる。ケイドロをしている時には意識しなかったが、上半身を中心に至る所がずきずきと痛んでいた。もはやこの部屋を丸々楽園に作り替えるしかない。いかに子供じみていようと、誰に不合理を指摘されようと、他には何も考えられない。公園での遊戯と、部屋を這い廻る芋虫たち、それだけが自分を救い出してくれる。

右前腕にある裂傷の瘡蓋や、左肘の内側にある打ち身をさすりながら、仰向けになり、コンクリートの天井を眺めていたところ、閃きが訪れた。天野は決然として起き上がった。マットレスをベッドに戻し、鞄から青色のスプレー塗料を取ると、椅子を部屋の中央に置いて上に立ち、天井に向かって噴霧し始めた。

見る間に天井は青く染まっていく。眼に入らぬよう顔を背けつつ、内側から渦を描くように、しゅうしゅうと青色を吹きつける。渦が広がって青色の面積が大きくなればなるほど、天野は自らが解放されていくのを感じる。

思い切って欲望のままに動いてみるだけで、これほどにも気持ちが軽くなるとは予想していなかった。地下工場に青空がないなら、部屋の天井にそれを描くのみである。今ここに自分の手で、葉を齧りながら快晴の空に憧れる、芋虫たちの楽園を作ってしまえばいい。

昂揚し、熱に突き動かされ、天野は塗料を噴霧し続ける。偽の幼虫の生息する部屋の天井に、偽の空を描いているに過ぎない自分が、無性に誇らしく感じられ、羞恥の念もあったが、それでもやめられず延々と青を拡大する。

背伸びをしたり椅子の位置を変えたりしながら、天野は天井を塗り替えていく。鼻を刺す臭いが充満し、窓を開けようかと思ったが、椅子から下りると、反対に、カーテンをぴったり閉ざしてしまった。

部屋は一階にあるため、カーテンを閉めなければ他の機械工に見られる可能性もある。だが天野が恐れていたのは、やはり密告されることではなく、自身の幻想が人目に晒されてしまうことであった。

この部屋で起こったこと、今起こりつつあること、これから起こるであろうことは、誰にも見られてはならない。気を引き締め、再び椅子の上に立ち、スプレーの噴霧口を天井に向ける。

コンクリートの表面に晴れた空が生まれても、日光は降り注がない。それなら鉄屑を集めて球状に固め、模造の太陽を拵え、吊るしてみるのはどうか。あるいは黄色の塗料で直に描き込むべきか。噴霧を中断し、太陽について思いを巡らせる。

今日中に天空を完成させたかったので、太陽を模した鉄球の製作は諦め、天井に黄色で円を描くことにした。些か安直過ぎるようにも思えるが、黄色のスプレー缶なら鞄に入っており、描こうと思えばすぐにも描ける。幻想の生む昂揚が明日まで続くか否か、天野は不安を抱いていた。

我ながら莫迦げているこの思いつきは、今夜のうち、まだ夢中になれているうちに、完成まで持っていかねばならない。そう直感が告げていた。もし明日の朝、描きかけの空を見たりしたら、立ち直れないほど失望を味わうかも知れない。

どんなに拙いものであっても構わない。その代わり、晴れ模様の空を完成させるまで眠ってはならない。決意を胸に、塗料を吹きつけていく。しかし天井を隈なく塗る前に、青色の塗料が底を突いてしまった。

椅子の上で缶を振っても、しゃかしゃかとも、たぷりたぷりとも、音は鳴らず、作業を継続できなくなった。青でなく白を噴霧し、雲を描いて隙間を埋める方法も思いついたが、いずれにしても現状では青の面積が不足している。

一気に疲労感が押し寄せ、飢えが腹を捩り上げるようになった。塗料の刺激臭の所為であろう、頭もぐらぐら揺すられて重くなり、椅子から下りると、天野はベッドに倒れ込んだ。

今夜中には描き終わらないと分かった途端、無様な青空は見たくもなくなった。だが蛍光灯を消しに行くのも億劫だった。夕食の馬鈴薯を調理するなど以ての外である。彼は横向きになり何も見るまいと眼を瞑った。腹を抱え込む如く身を丸め、空腹と臭気を忍びつつ、ひたすらに眠りを待ち侘びた。

朝、意外なことに幻想は生き延びていた。天野は自ら描いた青空を見て驚いた。そこに失望はなく、どれほど稚拙で無様なものであろうとも、起床とともに晴天を眺められるのは素晴らしいことだった。

窓を開けなかったのも幸いしたらしい。塗料の刺激臭は部屋に充満しており、眠りの最中にも絶えず嗅ぎ取っていたため、幻想は持続し、入眠時にも覚醒時にも、それぞれ寸断されずに済んだようである。

床を見れば芋虫たちが葉を齧っている。空はあれど天敵の鳥は一羽としていない文字通りの楽園で、旺盛な食欲の赴くままに金属の葉を食べている。虫食いのある葉をもっと作らねばと思いながら、天野はベッドから下りた。机に置かれた箱から林檎を出し、自分も朝食を取ることにした。

昨日は夕食も食べずに眠ってしまったが、朝食の林檎を一個から二個に増やそうとは思わなかった。代わりに昼食の乾パンの量を増やそうと考えた。天野はナイフを握り、林檎を廻転させつつ皮を剝く。赤い皮が捲れて銀の刃の上を滑っていく。白い果肉が現れ、仄かに甘い香りが放たれる。林檎は廻転を続け、螺旋を描く真紅の皮が落ちる瞬間には、殆んど丸裸になっている。

果汁が床に滴るのにも構わず天野はむしゃぶりついた。喉も渇いていた。いつもより美味しく感じられ、しゃりしゃりと嚙んでいると、皮に皺の寄っていた林檎であるにも拘わらず、恍惚とした気分になってくる。

幼虫と一緒に銅の青葉を食べるのが無理ならば、せめて三食とも林檎にするべきではないか。幼虫に似せたパジャマを纏い、果実のみ口にして、太陽および青空を拵える。それだけでいい。模造の蝶作りなんてやめてしまいたい。

蝶そのものにも蝶を作る仕事にも等しく望みはなかった。天野は蝶でなく幼虫になりたかったし、もっと多くの幼虫を拵えて、部屋を一杯にしてみたかった。機械工として誘き寄せられ、蛹に押し込められ、漸くの思いで蝶になってみれば、今度は殴打の的にされ、ついに蝶にも蛹にも愛想を尽かしてしまった。

決して蛹化せず、当然ながら羽化もせず、私はいつまでも幼虫であり続けたい。奇怪な幻想を育みつつ、汚らしいパジャマを着て、林檎を片手に部屋を歩いていたが、机の上の置き時計を見ると、朝の公園遊びの時間になっていた。

幼虫のパジャマを脱いで成虫の作業服を着るなど、心底嫌ではあったが、これも必要な擬態であると諦め、天野は仕事の準備を整える。今日も新たに芋虫と葉っぱ、それにスプレーを持ち帰るため、鞄の中身はできるだけ少なくする。乾パンの缶は空腹ゆえに二つも入れたが、食べた後は作りたての芋虫たちを詰めてしまえばいい。

パジャマを脱ぎ、極彩色の作業服を着てから、天野は洗面台の鏡の前に立った。鏡には一人の道化が映っている。色彩豊かな衣装もそうだが、自ら進んで暴力に晒され、これが天職だと舞い上がっていたのだから、愚かな道化以外の何者でもない。殴打され、悪態をつかれ、幾許かの金を手に入れる。まったくどうかしている。それではなぜ逃亡を企てないのか、という問いが思い浮かぶも、逃げられないから逃げないのだ、という答えによって問いを沈黙させ、彼は部屋から出ていった。

朝日も青空もない朝の広場には、ジャーナとシャーンを除いた三人、小川道夫、中川陽介、古谷歩の姿があった。二台あるブランコには小川と中川が掛けており、古谷は囲いの柵の外で煙草を吸っている。

　仕事の前に体力を消耗する訳にはいかず、朝はケイドロでなく靴飛ばしをすることにしている。仕事終わりの夕方なら、部屋でパジャマに着替えてから遊べるのだが、朝は蝶の繋ぎを着て遊ばなければならない。天野にはそれが癪だった。翅は仕事のための器官であり、殴られるための目印であり、天真爛漫な遊びの世界に持ち込むべきものではない。できることなら朝も幼虫のパジャマで遊び、部屋で着替えてから仕事に行きたい。しかし時間に余裕がない。

　天野は古谷に声をかける。

「おはようございます。今日も天気が良いですね」

　天野のいない方向に煙を吐き、古谷が言った。

「おはようございます。その冗談、さっき小川さんからも聞きました」

「初めて会った時に小川さんが言ってたんです。晴れも雨もない暮らしをしていると、こんな冗談も言いたくなりますよね」

「二人が来ていませんが、始めちゃいましょうか。私は他の遊びよりも」

　古谷が言いかけると、小川に代わって新しく最年少となった中川が、ブランコの鎖を握り、足をぶらぶらさせ、言葉を挟んだ。

「古谷さん、歳だから、ケイドロより靴飛ばしが好きなんですよね。本当は、朝も夜も靴飛ばしがいいんだ」

　苦笑して古谷は言った。

「ええ、そうなんです。靴飛ばしなら走らなくてもいいですから」

中川の右隣、奥のブランコに掛けている小川が宣言した。

「今日はまず僕と中川で勝負します」

そう言うと、小川はできる限り後ろに下がり、地面から足を離し、勢いをつけてブランコを漕ぎだした。天野と古谷は二人を見守ることにした。中川も漕ぎ始め、二台の揺れ幅は見る間に大きくなっていく。

先に蹴り出したのは中川であった。靴は大きく弧を描いて飛び、これまでの記録でも一番ではないかと思えるほど遠くに落下した。さすがの小川にもこの飛距離を上回るのは難しそうだったが、名づけ親を応援するために、ジャーナとシャーンが現れる。

広場に入り、ブランコの傍に来るなり、ジャーナもシャーンも声は出さないが、飛び跳ねたり手を叩いたり、全身を動かして小川道夫を鼓舞しようとした。古谷は笑みを浮かべて様子を眺めており、天野も顔を綻ばせる。

小川は二人の気持ちに応えようと、立ち漕ぎをして揺れ幅を大きくする。前だけ見据えて漕ぎ続けている。天野には小川の心意気が眩しかった。負けると分かっているのに挑んでいる訳ではなく、きっと小川は自らが負けるとは露も考えていないのだった。

小川自身の勇気も然《さ》ることながら、二人の応援には大いに励まされているに違いない。自分もジャーナとシャーンが応援していてくれたなら、今でもまだ蝶作りに前向きに取り組めていたかも知れない。

シャーンがブランコの柵の上に立って、すぐ近くから小川に声なき声援を送っている。ジャーナはシャーンの後ろに立ち、夢中になったシャーンが落ちないように支えている。何と微笑ましい光景だろうか。大きくて痩せぎすのジャーナと、小さくて力持ちのシャーン。対照的な体格の二人だが、一心同体のようでもあり、天野も二人の応援で小川が勝つように思い始めた。

小川の靴が飛び出した瞬間、突飛な考えが生まれた。ジャーナとシャーンに一〇九号室で楽園の構築を手伝ってもらいたい。この二人なら莫迦げたお伽噺にも水を差さず、喜んで幼虫たちの世話を引き受けてくれるのではないか。勝手ながらそんな気がしてならなかった。


深夜、天野の部屋には、幼虫のパジャマ姿のジャーナとシャーンが来ていた。公園遊びが終わった後、夕食を取って少し時間を置いて、密かに三人で集まることにしていたのである。三号棟の一〇九号室、芋虫の楽園に入ると、ジャーナはジャーナではなくなり、シャーンはシャーンではなくなる。天野から新しい名前を貰い、この部屋のなかにいる時のみ、ジャーナはピリラ、シャーンはピレロに変身するのだった。

天野は芋虫をキャタピラーに変化させ、キャタピラーからキャタピリラ、キャタピレロという二つの名を生み出した。ピリラ、ピレロという略称で呼び始めたのはつい最近のことであった。昼間の作業時間に、監督官の眼を盗んでは、ジャーナ改めピリラが幼虫を作り、シャーン改めピレロが葉を作る。逆の場合もしばしばある。天野は虫と葉を作り続ける一方で、天井に空を描いたり、壁に草原などの風景を描いたりと、閉ざされた空間を外へと反転させる作業に、いっそう執着するようになっていた。

天野が染め上げた黄緑色のパジャマを着て、ピリラとピレロは今夜もよく働いてくれている。ピリラは幼虫を適切な位置に置き、生き生きと葉を食べる様を演出しており、ピレロの方は、椅子の足に葉を接着し、狭い部屋を立体的に利用して、世界に奥行きを持たせようとしている。

初めて部屋に呼び、楽園作りの計画を打ち明けた日、二人は話に耳を傾け、頻《しき》りに頷き、快諾してくれた。それは天野にとって、蝶の作業服を貰った時にも劣らないほど嬉しい瞬間だった。不合理だとは思いつつ、尚も縋りつくことをやめられぬ幻想に、二人とも嘲笑を浴びせかけたりはしなかった。

天野は仕事を進めながら、時々ピリラとピレロに話しかける。微笑みや首肯はあっても、言葉が返ってくることはない。この沈黙が心地よかった。三匹の芋虫たちが言葉を交わさず自分たちの世界を組み上げていく。

小川道夫も誘ったらどうか、と考えることもある。しかし、小川道夫が来れば、ピリラはジャーナ、ピレロはシャーンに戻ってしまうように思えた。先に呼び名を考えたのは小川の方であり、中川も古谷もジャーナとシャーンと呼んでいる。この部屋で誰かが一声でも元の名で呼んだりしたら、ピリラとピレロは消えて、同時にすべての芋虫が死に絶え、葉という葉が枯れ果てるのではないか。これもまた病的な空想の上塗りでしかないが、いずれにせよ、残りの三人を招くのは世界が完成した後でいい。

椅子の足に接着された葉を見ると、小さな銀色の粒、半田で作られた卵が光っている。天野には虫食いを空ける位しか思いつかなかったが、ピレロは新しい工夫を凝らしていた。葉を巧みに湾曲させ、先の方だけ縮れさせたり、時には枝まで拵えてきたりする。監督官が見張っているなか、こんなにも大胆になれるものなのかと、天野は感心しきりだった。

ピリラの作る幼虫も、孵化したばかりの初齢幼虫から蛹化直前の終齢幼虫まで、彼なりの作り分けが為されていた。天野は大きな終齢幼虫ばかり作っていた。だがピリラは黒く染めた針金、僅か二、三ミリの個体から始め、徐々に大きくしていく。どこまで写実的に作られているのかは分からないが、ピリラの幼虫の出現によって天野の部屋には時が流れるようになった。葉に産みつけられた卵から一齢幼虫が生まれ、二齢、三齢、四齢、五齢幼虫へと成長を続けるのである。殴打の標的にならず、永遠に幼虫の形態に留まりたいと考えている天野にとって、時の流れがまざまざと可視化されたのは想定外だった。楽園が出来上がりつつあることは喜ばしい。しかし蝶と蛹は持ち込ませてはいけない。蝶の翅は暴力を呼び寄せる。天野はこの一〇九号室に、誰が誰を殴ることもなく、誰が誰に殴られることもない世界を作りたかった。

あれこれ危ぶむ天野とは異なり、ピリラとピレロは無邪気であった。二人とも膝立ちになり、瞳を輝かせ、額や首筋に汗をかき、作業に打ち込んでいる。二人を見ると勇気が湧いてくる。幻想を他人と共有するか悩んだが、この二人を誘ったのは正解だった。足に葉の生えた椅子を部屋の中央に置き、その上に立ち、天野は太陽を黄色く塗り直し始めた。

明日に備え、そろそろ終わりにするべき時間である。そう思いながらも、黄色を噴霧し続ける。天野は考える。寝不足で仕事に行けなくなっても構うものか。今こそ楽園を輝かせなくてはならない。

4　再び蛹化する男たち

楽園の完成が間近になった頃、四人の監督官が一〇九号室に押し入った。天野、ピリラ、ピレロは殴られ、嘲罵され、愚弄され、抵抗する気力も湧かず、その場で捕えられてしまった。誰かが見返り欲しさに密告したのかも知れないし、隣の一〇八号室で暮らす者が苦情を申し立てたのかも知れない。言葉を交わしていなくても、作業の音は響いていたのではあるまいか。あるいは監督官たちは、三人が作業場で蝶ではないものを拵えているのを知りながら、しばらくの間は自由に泳がせていたのではないか。

いずれにせよ、楽園はお仕舞いだった。監督官が現れた瞬間、ピリラとピレロは消え、ジャーナとシャーンに戻ってしまった。強かに打擲《ちょうちゃく》を受けたのちに、三人は部屋の隅に正座させられ、大人しく宣告を待つ身となった。

監督官に蹴散らされ、芋虫は単なる金属片と化した。天野は正座しながら天井を見上げてみたが、そこに描かれている空も、自分で描いたとは思いたくもない粗末な代物に変わっていた。鶯色の制服を着た男に踏み込まれ、無慈悲な眼差しに晒され、楽園はすっかり損なわれてしまった。

冷笑を浮かべながら、切れ長の眼をした監督官が言った。

「前代未聞だ。これは何なんだ？　どうしたかったんだ？　こうまで莫迦莫迦しいと、莫迦莫迦しいのかどうかも分からなくなる」

三人は正座して黙りこくっていた。ジャーナとシャーンは真の名づけ親、小川による救出を待っているのかも知れない。ひょっとすると、小川道夫は二人の危機を察知し、真夜中であろうと駆けつけてくれるのではないか。そんなことを考え、天野は監督官の言葉を聞き流していた。躰のあちこちが痛んで物を言う余裕などないのに加え、釈明すればするほど激しく殴られないとも限らない。

もう一人の監督官も軽蔑を露わにして言った。

「ちゃんと聞かせてくれ。なぜ幼虫なんて作っていたのかね？　いや、それだけじゃない。おまえらの愚行のすべてを説明してほしい。初めに聞かせてもらおう、幼虫どもには何の意味がある？」

監督官は四人で来たのだが、今この部屋にいるのは二人だけだった。残り二人はジャーナとシャーンの部屋を調べに行っていた。幼虫たちを蹴ったり、家具から生えている葉を毟ったりしながら、二人の監督官は訊問を続ける。

丸い顔に円らな瞳の、外見だけであれば優しそうに見える監督官が、先の自らの言葉に言い足した。

「幼虫どもの意味は何だ？　そら、さっさと喋れ。喋らないともう一度叩かれる羽目になるぞ？

喋ったとしても内容によってはぶっ叩くかも知れんがな」

　両隣を庇わねばと思い、天野は口を開いた。

「ですから、蝶を作るのに嫌気が差したのです。芋虫に特別な意味はありません。何となく気晴らしに作り始め、熱中してしまい、あんまり楽しいものだから、人を巻き込みたくなり、二人には無理を言って手伝ってもらいました」

　丸い顔の監督官は食い下がった。

「意味はある筈だ。寝巻をそんなに汚して、その色だってどうせ幼虫を意識しているのだろう？　その緑は間違いなく幼虫だ」

「強いて言うなら蝶でなければ別に何でもよくて、たまたま思いついたのが芋虫だったのです。それでパジャマを黄緑色に塗って、折角だから、餌の葉っぱも作るようになりました」

　足の痺れに耐えつつ天野が答えると、丸顔の隣に立つ、切れ長の眼をした監督官が、殊更に眼を細め、疑わしげな表情で言った。

「くだらないことをよくもぺらぺら喋れるものだな。俺にはまともな説明になっているとは思えない。壁も天井も好き放題に、ぐちゃぐちゃに汚しておいて、私はこう考えてこうしました、だの、これが必要だったからこうやってみました、だの、一端《いっぱし》の口を利きやがって。何のかんのと言ってるが、とにかく、ふざけた理由で仕事をさぼっていたという訳だな？　報いは受けねばならんぞ」

「聞いてるのか、おい！」

棒で横面を叩かれ、口のなかを切ってしまった。丸顔の監督官は、今度は自身の肩をとんとん叩きながら言った。

「審議次第ではあるがな、十中八九、三人には再び蛹に入ってもらうことになる。その根性を叩き直し、二度とこんな真似できないようにしてやる。しかし、まあ、手足を折って本物の芋虫にするのではなくて、もう一度蛹を作って蝶になる機会をくれてやるのだから、感謝してほしい位だ」

監督官に部屋に踏み込まれる前であれば、あの蛹に入る位なら手足を折られて芋虫になった方がましだと考えたかも知れない。しかし楽園が見つかり破壊された今、天野は再び蛹に入れると知って安心していた。

切れ長の、狐のような眼をした監督官は、椅子を逆さまにして机に置き、脚についている葉を棒で叩き落とし始めた。椅子を押さえ、作業を手伝いながら、丸顔かつ円らな瞳の監督官は喋り続ける。

「蛹から生きて出られても、それで帳消しではないからな？　罪を償っても金の問題が残る。部屋の清掃費は勿論、三人の給料から差し引くことになる」

「天井と壁は私が一人で汚しました。それにここは私の部屋ですから」

「おまえ一人の給料から引こうが、三人の給料から均等に引こうが、そんなことはどうでもいい。おまえらで話し合って決めればいい。だがな、蛹に入ったら、全員が生きて出られるとは限らん。取り決めがどうであったとしても、おまえが命を落とせば二人に払わせるしかない」

左右に正座しているジャーナとシャーンは放心状態になっていた。二人とも眼に涙を浮かべているが、声を上げて泣いたりはせず、呆然と天井を見上げている。元凶である天野を責める様子も見られない。時おり顔を引き攣らせ、祈る如く唇を震わせはするものの、沈黙は破られない。

天野は言った。

「蛹に入るのは私一人にしてください」

「ならん。そのパジャマを着ているからには二人も共犯だ」

丸顔の監督官が答えると、椅子から葉を落とし終えた狐眼の監督官は、鉄の棒の先でジャーナとシャーンを突き、せせら笑いながら言った。

「芋虫が蛹になるのは当然じゃないのかね？」

ジャーナとシャーンを巻き添えにし、完全に破滅させてしまった。二人は自らの意思で参加したのだから、必ずしも天野の責任ではないのかも知れない。しかし、問題は命名という行為にある如く思えた。二人を異なる登場人物、キャタピリラとキャタピレロに変えてまで自分の世界に招き入れた以上、一切の責任を負うべきは私である。

相手を刺激しないよう、声を落とし、天野は頼み込んだ。

「お願いします。二人は喋れないのです。自分の名前も言えません。蛹の所為です。二度目は身が持ちません。死んでしまいます。どうか私だけを閉じ込めてください。私が誘いました。真面目に仕事に励んでいた二人を、私が巻き込みました。パジャマだって私が勝手に染めたのです」

「偽善者め！　そんなに言うならどうだ？　蛹のなかでおまえが二人分の時間を過ごしてみる

か？」

丸顔の監督官に問われ、天野は躊躇した。狐眼の監督官がすかさず言った。

「それがおまえの本性だ！　勇気がないなら口先だけ立派なことを言うな」

唾を飲み下して天野は言った。

「それで構いません。二人の分まで私が」

言いかけた瞬間、丸顔の監督官は棒で机を叩いてから言った。

「おまえの覚悟など関係ない！　知ったことか！　からかってみただけだ。三人で仲良く蛹に入るがいい。無事に羽化できたら清掃費を払ってもらう。支払いを誰がするかは勝手に話し合え。だが蛹に入るのはここにいる三人全員だ」

鋭い視線で睨みつつ、狐眼の監督官も言った。

「各々自分の蛹に入るしかない。他人の羽化を肩代わりできるものか」


三日間に渡る軟禁が終わり、天野は漸く一〇九号室から出ることができた。だが外に自由が待っている訳ではない。監督官たちの間での審議が終わり、蛹化の準備が整ったため、いよいよ罰としての拘束が始まるのである。

狐眼の監督官に付き添われ、天野は三角形の広場へと入っていった。同じように歩いているジャーナとシャーンの姿もあった。ジャーナは二号棟一〇六号室から、シャーンは一号棟二〇七号室から、それぞれ監督官と二人連れで来ていた。

滑り台の近くに三本、蛹の接合された鉄柱が立っているのが見える。蛹のついた鉄柱は台座から伸びている。広間の天井から吊るしておくのではなく、今度の蛹は台座と柱で固定し、広場に置いて見せしめにするつもりらしい。

滑り台に向かって歩きながら、天野は狐眼の監督官に尋ねた。

「どうしても三人とも入らなければいけませんか？」

「何度も同じことを聞くんじゃない。次に聞いたら、おまえだけ蛹の罰を免除してやろうか？　いつまでも二人から恨まれ続けるといい」

三人の機械工と三人の監督官は、殆んど同時に滑り台の傍に着いた。ジャーナは丸顔の監督官に、シャーンは好色な老猿を思わせる監督官に、そして天野は狐眼の監督官に、犬の散歩でもするように連れられて来た。

「一人ずつ滑り台に登り、蛹に入りなさい」

そう言った老爺の顔には下卑た笑みが浮かんでいた。丸顔と狐眼は一〇九号室に踏み込んできた四人のうちの二人だが、この老いた男には見覚えがない。上階の作業場でも会ったことがないのかも知れない。嫌悪を抱き、天野は猿の如き老爺を見据えた。

天野の眼を睨み返し、老爺は言った。

「君から登り給え！」

老爺に対する天野の怒りは、ジャーナとシャーンへの罪悪感と繋がっていた。自分の悪をこの男に背負わせたかった。ひょっとすると、眼の前の老爺は加虐嗜好と並外れた権力を有しており、地下工場の一切を取り仕切っているのではないか。

「この蛹はあなたが作ったのですか？」

尋ねると、老爺はきょとんとした顔で言った。

「元からあったに決まってるだろうが」

天野は落胆した。蛹も鉄柱も老爺が作ったのなら、ジャーナとシャーンは自分を恨まず、この男を恨んだに違いない。しかし、そうではなかった。この老人も何も考えずに機械工を殴っている一人であるに過ぎない。

視線を落とし、車輪のついている台座を眺めると、一つ一つにネームプレートが貼られているのに気づいた。三枚のプレートには天野正一、小島昌昭、高野和弘とある。どちらがどちらであるか不明だが、天野は初めてジャーナとシャーンの名を知った。展示品として見せしめにするため、監督官たちは従業員の名簿を調べたようだった。

「高野さん、小島さん、ごめんなさい」

天野が謝ると、ジャーナとシャーンは力なく微笑んだ。老いた猿は地面に唾を吐いてから言った。

「さっさと上まで登っちまえ」

促されるがままに、天野は滑り台の階段を上り始めた。蛹の溶接されている鉄柱は、バスケットボールのゴールを連想させた。滑り台の高さに合わせて設計されたらしく、天辺からであれば難なく蛹に入れそうだった。丸顔と狐眼は柱を押して、台座の車輪をがりがり廻転させ、天野の入り易い位置へ動かしていた。

機械工が作業場に行く時間帯であった。滑り台の天辺から見渡すと、広場の内外で、幾人もの機械工がエレベーター乗り場に向かう足を止め、蛹に入ろうとする自分の様子を眺めていた。パジャマ姿の天野は、手摺りを跨ごうとしている最中であり、落ちないように慎重になりながらも、鮮やかな繋ぎを着た見物衆の眼が気になって仕方ない。

自分は何か意味あることをしているのか。単に好奇の視線を向けられているだけなのは承知しているが、それでも天野は、スプレーで黄緑色に染め上げたパジャマを着て、蛹に入っていこうとする自分が、新しい価値を帯びつつあるように感じていた。幼虫を模したパジャマを纏い、この公園で蛹と化して、それで初めて本当の蝶になれるのではないか。この滑り台ほど蛹化に適した枝があるだろうか。一度は裏切られた期待を蘇らせ、天野は変身と羽化の幻想に縋ろうとする。

「おら、どうした！　ちんたらするんじゃねえったら！」

丸顔の監督官が怒鳴り、棒で蛹を叩いた。大きな音が響き、天野の幻想は直ちに破られた。そうだ、こんなことに意味などある筈もない。従業員の一人が罰として拷問器具に入れられる。広場で起こるのは、ただそれだけの出来事である。

天野は手摺りの外側に立った。鉄柱の方に右足を伸ばし、滑り台から蛹の上に移ろうとする。監督官たちの嘲りの眼差しに晒されながら、どうにか蛹の上に立つと、均衡を保つべく、右手で蛹の柱を、左手で滑り台の手摺りを摑んだ。

足元にはぽっかり穴が空いている。上手く入らねばならない。広間に吊るされていた蛹は観音開きの構造になっており、施錠が可能なものであったが、この蛹は寝袋式とも言える仕組みだった。天野は左手を手摺りから離し、両手で柱を抱き、片足ずつ内部に入っていった。やがて首から上のみを露出させた。

　これでジャーナとシャーンを気にかける余裕はなくなった。どちらが小島昌昭でありどちらが高野和弘であるのか、それもどうでもよくなった。眼を瞑り、二人の痛ましい蛹化の様は見まいとする。小川道夫、中川陽介、古谷歩の姿も、探そうとは思えない。天野は再び夢を見るばかりと成り果てた。

Ⅱ

1　アルレッキーノの誕生

私は道化のアルレッキーノなのですから、どうか天野正一とは呼ばないでください。蛹の内部で苦しみつつ、天野はこの言葉を幾度となく繰り返し、解放される頃になると、事実、アルレッキーノの人格を生み出していた。

ジャーナにキャタピリラ、シャーンにキャタピレロという名前をつけたように、天野は自分自身のために、道化でしかあり得ない名前、アルレッキーノを見つけてやった。蛹の微睡みのなか、この名前を思いついた瞬間、天野とアルレッキーノは涙を流して喜んだ。

天野、ジャーナ、シャーンの三人は、拘束が始まるとすぐに三角形の広場の各頂点、エレベーター乗り場の近くに押していかれ、離れ離れになったので、互いの様子を見ることはなかった。蛹のついた鉄柱が倒されて、拘束具から這い出してきた時、この男、アルレッキーノは、他の二人のことはまるで考えていなかった。

羽化したというのに未だ幼虫であるかのように、ずるずると這う天野を見下ろしながら、監督官の一人が言った。

「よく生きていられたなあ！　さっき出してやった二人もそうだが、いや、素晴らしい生命力じゃないか」

力を合わせ、台座ごと鉄柱を倒した三人の監督官は、冷笑と感心を半分ずつといった様子で、天野を眺めていた。棒の先端に林檎を突き刺して、時おり口元まで運んで食べさせてくれたのも、この三人であった。

どうやらジャーナもシャーンも生きているらしい。しかしアルレッキーノを生み出した天野には関係のないことだった。アルレッキーノは何とか立ち上がり、足をがくがく震わせながら、監督官たちの姿を真正面から見た。

印象がない。誰が誰だか見分けようとはするのだが、アルレッキーノはどこにも焦点を合わせていられず、眼差しは泳ぎ続け、鶯色の制服の生地や銀の蛹の滑らかな表面を彷徨うばかりである。

真っ直ぐ立っているのも難しく、躑躅の傍に倒れ込んでしまった。広場全体が揺れていた。視線はやはり見つめようと思ったものから逸れていく。光量も調整できていないらしく、辺り一帯は輝いている如く見えた。

覚えのない世界に投げ出されていた。私は誰なのか。天野はこの問いに対して、再びアルレッキーノの名前を提出する。私は道化のアルレッキーノですと心に呟き、躑躅に凭れかかり、どうにか立ち上がった。

もごもごと口を動かしはするが、言葉を発する訳ではない天野に、監督官たちも戸惑い始めていた。三人のうちの一人が言った。

「部屋の清掃費については後日知らせる。さあ、もう部屋に帰りなさい。おまえを見ていると、ついつい叩きたくなってしまうからな。明日は休んでいい。一日だけやる。躰を動くようにして明後日から蝶作りに励んでくれ」

もう一人も腕組みをして威厳を取り繕いながら言った。

「前代未聞の事件ではあったが、二度目の羽化を祝福する。次に幼虫なんかを作りやがったら、どうなるか分かっているだろうな？　もっと長い時間、もっと小さな蛹に閉じ込めてやる。膝を折らなければ入れない、小型の蛹を特別に用意する。あんなもの、もう作るんじゃないぞ？　早く部屋でシャワーを浴びてこい。臭くて敵わんよ、今のおまえは」

残りの一人も忠告を始めたが、アルレッキーノは眩暈を覚え、まともに聞いていられなくなっていた。照明設備の光がやたら眩しく感じられた。彼は考える。天野正一とは関係があっても、この私とは関係のない話だ。だから耳を傾けなくていい。

忠告の途中で天野はふらつき、どしんと尻餅をついた。転んだ姿を見るなり、三人の監督官は笑いだした。

「おい、ちゃんと立っていられないのか？」

「派手に素っ転びやがった！」

「阿呆めが！　そんな調子で明後日から働けるのかね」

監督官に指を差され、嘲笑されつつ、天野は昂揚感に満たされていた。殴られるより笑われる方が遥かにいい。厳めしく振る舞うのをやめた男たちを見て、彼は漸く生きていく術を見つけたのだと安堵した。

矢庭に腰を上げ、片足立ちになると、アルレッキーノはその場で廻転しようとした。踊ってみたかった。だがすぐに立ちくらみがして、またしても尻餅をついてしまった。仰向けに転がったまま、さらに監督官たちを笑わせようとして、適当な旋律を口ずさみ始める。

「ラッタラッタ、タランタラッタ、タッタランタ、タラッタラッタ」

スキャットで歌いながら、天野は監督官の立ち姿を見上げた。三人は顔を歪めて笑っていた。監督官らしくない柔らかい表情を浮かべているからか、今度は焦点が合い、顔立ちの違いを見分けられた。三人は異なる顔を持っていた。

ひっくり返った亀の如く、手足をばたばた動かして、道化は歌い続ける。

「タッタラッタ、タランタラッタ、ラッタラッタ、タランタラッタ」

「どういうつもりだ？　急にご機嫌になりやがって」

笑いを堪えてそう言ったのは、年若い監督官だった。我を忘れて笑ったことを恥じているのか、今更ながら決まりの悪そうな顔をしている。しかし口元は緩んでおり、再び笑いだしそうにも見える。

「頼むから部屋に帰ってくれ！　たっぷり笑かしてもらったよ」

「いやまったくだ。もう充分、もう結構だ！」

四十前後と思われる二人は、笑いを堪えるのは諦めたらしく、げらげらと笑いながら言った。これまでに感じたことのない手応えがあった。好きなように躰を動かしているのに、一発も殴られずに済んでいるとは奇跡である。活路を見失うまいとして、天野は力を振り絞って起き上がった。

金属製の躑躅に腰掛けて呼吸を落ち着ける。やがて立つと、慇懃無礼とも映りかねない、勿体振ったお辞儀をしてみせ、彼は言った。

「ああ、お偉い旦那様方よ！　私は道化のアルレッキーノと申します！　以後、どうぞお見知り置きのほどを」

蝶の作り方など忘れてしまったかのようだった。白い紙を前にしてペンを握り、翅を描こうとするのだが、どうしても不恰好な輪郭が現れる。曲線は思うようには波打ってくれず、妙に歪んだ翅が生まれてくるばかりである。

天野は冷や汗をかいていた。二度目の羽化を経て、最初の仕事日だった。無事に羽化したというのに、まともに働けなくなっているとあれば、今すぐに殴り殺されないとも限らない。

監督官の足音に過敏に反応しつつ、一刻も早く蝶を作らねばと焦りを募らせる。しかし気負ってペンを走らせても、奇形の翅しか生まれてこない。紙は次々丸められ、屑籠に捨てられ、胸は動悸を打ちだした。

初心に返って模写をするべきかも知れない。天野は作業机の抽斗を開け、図鑑を取り出した。インクの匂いを嗅ぎ取りながら頁を捲ると、ナミアゲハ、キアゲハ、アオスジアゲハ、ジャコウアゲハ、クロアゲハ、カラスアゲハ、モンキアゲハ、シロオビアゲハなど、揚羽蝶に絞ってみても、様々な名と写真で溢れており、どれを拵えたらいいのか分からない。

幼少期に庭でよく見た大和小灰《ヤマトシジミ》でも作ろうかと思い、巻末にある索引を引く。ヤマキチョウ、ヤマキマダラヒカゲ、ヤマトシジミ、ヤマトスジグロシロチョウ、と、ヤ行の名が並んでいる。頁を開いて写真を眺める。だが感慨には浸れなかった。大和小灰は過去への扉を開く蝶であるが、それはあくまで天野正一の幼少期であって、アルレッキーノの幼少期ではない。

自分はアルレッキーノになってしまった。いや、幸運なことにアルレッキーノになれたのだ。もう机の前に坐っていても仕方がない。機械工を失格し、道化に変身を遂げた以上、模造の蝶は作らなくていい。図鑑を抽斗に戻し、決意とともに席を立った。

「ラッタラッタ、タランタラッタ、トゥートゥル、タランタ、タッタランタ、トゥルートゥルー」

歌を口ずさみ、黒い安全靴でステップを踏み、アルレッキーノは駆けていった。作業机の間を、身を翻してすり抜け、機械工たちを唖然とさせつつ走る。披露できる曲芸もないので口笛を吹いてみる。

「ピューイ、ヒュウヒュウ、ヒュッ、ピュイ、ヒューイ」

何人かの機械工は作業の手を休め、工作機械も停止させ、何が起こっているのか見ようとしていた。好奇の視線を浴びていると知り、アルレッキーノは深く満足を覚える。決して光の射さない地下の工場も、この時ばかりは輝かしく、賑やかな、サーカスのテントと化していた。

「さあさあ、お立ち会い。お仕事しながらで構いません。皆様どうぞ、ご覧あれ。冷笑も、嘲笑も、当然ながら哄笑も、道化の私には何よりありがたいものでございます。アルレッキーノのショウ、誠に勝手ながら、いよいよ開幕です！」

アルレッキーノは立ち止まった。コンクリートの床を安全靴の底で打ち、タップダンスを踊り始めた。無論きちんと踊れている筈もなく、思いつくままに跳ねているだけである。舞踏家でなく道化なのだから構わない。無様に失敗することが即ち成功となる。わざと転倒すると、機械工たちの表情は綻んでいく。このまま踊り続けていれば、皆を笑わせられそうだった。

それでも終わりの予感が訪れる。走るのをやめて踊っていた所為で、気がつけば監督官に囲まれていた。正念場である。そう簡単に芝居を終幕させてはならないと思い、道化は何食わぬ顔で口笛を吹く。

「プヒュイ、ヒュイ、ヒュイ、ピューイ」

監督官が近づいてくる。機械工は何事もなかったかの如く仕事に戻る。内心焦りつつ天野は辺りを見廻した。この場面で暴力を避けられないなら、道化など存在する意義がない。

ヘルメットを被っている若い監督官が言った。

「何だ、おまえは？」

もう一人、太った年配の監督官も言った。

「今すぐ机に向かわないと、たっぷりお見舞いしてやる」

にたりと笑い、アルレッキーノは言った。

「旦那様方、すでにご存知かと思いますが、私は道化のアルレッキーノでございます。機械工も監督官も分け隔てなく笑わせてくれと命じられ、この工場に召し抱えられたのでございます。そりゃあ道化の一人でも雇ってみたくなりますよ。一方は延々と蝶を弄っているかと思えば、もう一方は情け容赦なく人を殴ってばかりいる。誰かが笑かしてやらなくちゃ、どちらも救われませんや」

道化師とはこんな言葉で喋るのではないか。笑みを顔に貼りつけたまま、天野は監督官の反応を窺った。見るからに困惑しているが、迷いを振り払うため、殴打に踏み切らないとも限らない。しかし、天野の緊張をよそに、アルレッキーノは大袈裟な身振りを交えて喋り続ける。

「ねえ、皆様、聞いてくださいませ。これから仕事を始めるにあたって、一つお願いがあるのです。継ぎ接ぎだらけで構いませんので、私に道化の帽子を与えてくださいませんか？　勿論あんたのヘルメットでもありがたく頂戴します。その時は私が監督官になり、あんたらの尻をぶっ叩きまくるかも知れませんがね。とにかく、知恵の詰まったこのおつむを守らねばなりませんし、ぴっかぴかの白いヘルメットとまではいかなくても、道化の帽子が欲しいのです。何かの拍子に頭を打ったりしたら、知恵を失って、あっという間に機械工に逆戻りですから。ああ、恐ろしい！　そんなのまっぴら御免です。何も考えられずに蝶を作り続けるなんて、人間未満どころか犬未満、あるいは道化未満でございます」

白いヘルメットを押さえ、若い監督官は言った。

「だから、何なのだ、おまえは？　気が触れたのか？　それとも気が触れた振りをしているのか？」

太った年配の監督官も言った。

「あまりにも分からないものだから、つい殴らずに聞いてしまった。だが、もはや我慢ならない。このままでは周りにも示しがつかん。おい、どうしよう？　たこ殴りにしてしまおうか？」

背丈の高い壮年の監督官が、アルレッキーノの後方から近づいてきた。男は机を覗き込みながら道化に歩み寄り、胸に刺繡された番号を見るなり言った。

「おまえ、一昨日の昼に蛹から出てきたばかりの奴だろ？　三号棟の一〇九号室と言ったら、芋虫だらけの、天井に落書きのされた部屋だ。ふざけた奴め！　ちっとも反省していないという訳か！」

道化を包囲する他の監督官も口々に言った。

「殴りつけるしかないようだな」

「一言も喋らせるな。いっぺんに殴りかかれ！」

「恩知らずの畜生！　本当に殺してやろうか？」

天野は棒での制裁に怯え、今更ながら謝ろうとするのだが、アルレッキーノがそれを許さない。アルレッキーノは先と同じように、見様見真似のタップダンスを踊り始めてしまった。

「ヒュイ、ラッタ、ラッタ、タランタラッタ、トゥルートゥルー、私は道化のアルレッキーノでございます！ ラッタラッタ、ピューイ、ヒュイ、タランタラッタ、トゥルールル、私は道化のアルレッキーノでございます！」

口笛と歌を交えながら自己紹介を繰り返し、ステップを踏み、アルレッキーノは夢中で踊る。天野は考える。どうやら私はここで死ぬらしい。

だが意外にも棒の一撃は加えられなかった。監督官はまごついていた。背後から仕事中の機械工を叩くのを生業にしてきたが、踊っている道化師を殴るなんて、未だかつて試みたことがないのである。

アルレッキーノは踊り続ける。天野も熱狂してステップを踏む。ついに機械工がくすくす笑いだした。見渡せば、仕事をすっかり中断して、こちらを眺めている者も多い。しめたものである。観客を獲得し道化の心は舞い上がる。やがてタップダンスをやめ、安全靴を脱いだ。足の代わりに手で靴を履き、アルレッキーノは逆立ちに挑戦しようとする。

その瞬間、白いヘルメットの監督官が、持っていた棒を作業机の上に放り出し、突進してきた。逆立ちするより早く、立ったまま取り押さえられた。のみならず大外刈までかけられ、道化は床に倒されてしまった。

天野を組み敷き、ヘルメットの下から睨み、若い監督官は言った。

「おまえは何だ、何のつもりだ？　どうしたいんだ？　死にたいのか？　三度目の蛹がお望みなのか？」

　ここぞとばかり、アルレッキーノは絶叫した。

「おお、三度目の蛹とは、身に余る幸せでございます！　この道化、何度だって生まれ変わってみせますとも。旦那様、私は皆さんを笑かすためとあれば、蝶にでも蛾にでもなれるのです。ぶんぶん飛び廻る、春の蜜蜂にでも変身してみせましょうぞ。あるいは熊ん蜂にでも！」

　ヘルメットを被っていない他の監督官たちは、道化芝居の観客となった機械工に、仕事に集中するように命じていた。アルレッキーノは眼を見開いてべろべろ舌を出し、ヘルメットの監督官を笑わせようとする。怒りも失せたらしく、若い監督官は呆れ顔で道化を組み敷いていた。

　そこに来たのは、一昨日天野を蛹から出した監督官であった。男は笑いながら言った。

「本当に道化になっちまったのか？」

　お辞儀をする躰の自由はなかったが、道化は一昨日の台詞を繰り返した。

「ああ、お偉い旦那様方よ！　私は道化のアルレッキーノと申します！　以後、どうぞお見知り置きのほどを」

2　二人きりで試行錯誤する

改善すべき点なら幾らでもある。だが鉄の棒では殴打されずに、大外刈で済んだのは大きな前進だと言える。道化らしさを磨いていけば、あらゆる暴力から逃れられるかも知れない。そう考え、天野は部屋で小道具作りに励んでいた。

仕事の邪魔になるという理由で早退させられたのだが、これこそ機械工を完全に失格した証拠ではないか。今の自分は機械工の天野正一ではなく、道化のアルレッキーノなのだ。工具なんて必要ない。私に要るのは葡萄の如く鈴の実っている杖である。

アルレッキーノになりながらも、天野は理路整然とした思考を維持していた。あるいはすでに支離滅裂に陥っており、矛盾に満ちているのかも知れない。しかし彼は彼なりに純粋な道化となるべく真剣に考えていた。

きちんと職務を遂行するために、まずは小道具を手にしたかった。手頃な長さに切断し、作業場から持ち帰ってきたアルミの棒を、アルレッキーノは床に置いた。その上から緑色のスプレーを噴霧し始める。

アルミの丸棒を緑一色に塗り替えながら、天野は苦々しく笑っていた。懲りない男だと自嘲していたのである。天井と壁を塗って蛹に閉じ込められたというのに、今度は床を汚し、道化の杖を求めて棒を塗っているとは、一体どこまで阿呆なのだろうか。道化にすらなれないほど自分は阿呆なのかも知れない。

部屋にいた芋虫は死に、葉は捨てられた。天井や壁の空も草原も消えている。拘禁中に監督官が掃除したそうだが、コンクリートの壁には落書きを隠すため、ろくに寸法も測らず壁紙が貼られている。高額な清掃費との釣り合いは取れていない。

床も手も真緑にして、アルミの棒を道化の杖に変えると、天野は玄関から靴を持ってきた。次は金色のスプレーを手に取る。金に塗って銀ラメを散らし、安全靴を輝かせ、ステップを踏んでいれば、本物の道化になれる筈だった。

「ラッタラッタ、タランタラッタ」

歌を口ずさみながら、黒い安全靴に金の塗料を吹きつけていく。床も緑から金に塗り替わっていき、天野は否応なく昂揚する。晴れた空を描いていた時と同様に、またも何かを色づけることで快楽を得ている。その事実に一抹の不安を覚えるも、陶酔には抗えない。

早くこの靴を履き、踵を打ち鳴らし、杖を投げ上げたりしながら踊りたい。いずれは靴底に鉄板を貼りつけて、杖には握りの部分を作り、そこに沢山の鈴、または音の鳴る金属片をぶら下げるつもりだった。

靴を金色に染め上げると、傍に坐り、塗料が乾くのも待たず、チューブから琥珀色のボンドを塗りつける。厚紙を折って刷毛のように使い、薄く伸ばしていく。それからポリ袋に入ったラメを摘み、ボンドを塗った箇所にぱらぱら振りかける。ラメも蝶の装飾用であるが、惜しみなく使い切ってしまおうとする。

煌びやかな靴が完成すると、繋ぎの裾が汚れても気にせずに、アルレッキーノは足を入れた。靴と同じくまだ塗料の乾いていない杖を握り、壁を打たないよう気をつけて振ってみる。道化の所作を躰で覚えてしまうまで、訓練を積まなければならない。

片足立ちになって廻転し、時に軸足を替え、アルレッキーノは軽やかに舞った。楽しく踊りつつも、常に滑稽に転ぶ方法を考えていた。道化にとっては失敗こそ成功だと肝に銘じ、彼は練習に心血を注ぐ。

やがて杖を壁に立てかけ、洗面台の鏡の前に立った。鏡の向こうの自分は惚《とぼ》けた顔をしており、着ている服も道化のそれである。揚羽の翅を模した作業服は固より道化のまだら服のようでもあり、ひょっとすると、最初から天野正一など存在していなかったのかも知れない。

地下工場に来る以前から、私はアルレッキーノだった。天野正一がアルレッキーノになったのではなく、束の間、アルレッキーノが天野正一に躰を貸していた。そう考えてみるのはどうだろうか。

天野は声を上げて笑いだした。大真面目に何を考えているのか。これでも自分は正気を保っていると自惚れているのか。だが、正気であれ狂気であれ、道化の自問自答などあってはならない。アルレッキーノならば、そんなことはしない。

鏡に映った自らの笑顔、やつれた頬、黄ばんだ前歯、ぎょろりと剝かれた眼球を観察した後、天野は化粧をするべく白のスプレーを取りに行った。洗面台の前まで戻ると、掌に吹きかける。缶を持ち替え、左手の次は右手に吹きかける。そのまま両手で塗料をなすりつけ、彼は顔を白く白く塗り潰していった。

靴底の爪先と踵の部分に鉄板を貼り、ゴムを巻いて作った杖の柄には、小さな星形のアルミ板を幾つも紐で吊るすに至り、天野正一は作業場から姿を消した。これまで部屋番号でしか呼ばれたことがなかったが、監督官からもアルレッキーノの名前で呼ばれるようになった。晴れて道化への転身を許されたのである。

今日も作業場を練り歩く。顔を白く塗り、黄や黒のまだら服に身を包み、金色の靴を履き、緑の杖を持っている。こんな恰好をしている限り、私は職人気質の寡黙な機械工です、道化ではございません、お喋りを期待しても無駄というものです、などと言ってみたところで誰も信じはしない。

アルレッキーノは杖を振った。アルミの星々が擦れ合い、しゃんと音が鳴る。無数の恒星を互いに衝突させながら、機械工の邪魔になりかねない位の勢いで振り廻していると、監督官が近づいてきた。

大柄な体軀の監督官は言った。

「おい、アルレッキーノ、おまえはそればっかりだな。おかしな顔をして杖をぶん廻す以外に、何か面白いことはできないのか？　そんな調子じゃ、すぐに道化の仕事も失うだろうよ」

アルレッキーノは故意に無礼な口を利く。

「そんなら聞かせてもらうが、おやっさんは少しでも新しいことをしているのかね？　毎日ぶん殴ってぶん殴って、それだけでしょう？　おやっさんが他の芸を見せるようになったら、私も新しい芸を披露してやります。今はこのステッキさばきを大人しく見ていればいい」

監督官は笑いつつも厳しい口調で言った。

「俺は監督官で、おまえは道化だろうが。どうして俺が芸など見せなきゃならんのだ。道化なら道化に徹して、人を楽しませる工夫をしろと言っているのだ」

「そう言わずにさ、おやっさんよ、どうだね？　ちょっとの間でいいから、ステッキの交換でもしてみようじゃないか」

「これはステッキではない。警棒のようなものだ」

「おや、交換には反対かね？」

「当たり前だ。おまえのちんけな杖と一緒にするな」

「まあ、応じない方が利口だね。私の方が上手に、強烈に機械工を殴れるかも知れないもの。もし交換して、おやっさんにまともな芸ができないとなれば、道化には監督官が務まるが、監督官には道化が務まらないということになる。そうなると、監督官なんて連中は、揃いも揃って道化にも劣る無能者だってばれちまう」

「軽業は素人芸でも、口の方は達者じゃないか。しかしあまりふざけたことを言うと、道化だからって容赦しないからな」

監督官が真顔で棒を振り上げたので、アルレッキーノはにたにたと笑い、爪先と踵を鳴らして距離を空けた。それから作業に勤しむ機械工の鼻面に、星々の実った杖を突きつけ、しゃらんと撫でながら言った。

「ほら、こいつの様子を見てご覧よ。もっと働かせたいなら、棒の一発じゃなくて星をあげなくちゃね。どんな駄馬でも、人参一本ぶら下げれば必死に走るものさ。眼と鼻の先でお星様を光らせて、希望という餌で釣るのが手っ取り早い」

星で顔を撫でられて、機械工はくすぐったそうに笑った。アルレッキーノは監督官に近づき、杖を握らせてから言った。

「さあ、さあ、やってみなさい。この杖をゆらゆらさせて、そうです、そうです。おやっさん、そう、そうして、星で顔を撫でてやんなさい。どんなにぶっ叩いても駄馬は駄馬のまま。ご褒美で誘導してやった方が利口だね」

監督官が緑色の杖を持ち、アルミ製の星で機械工の顔を撫でている様は、随分とおかしな光景だった。くすぐられている機械工のみならず、周囲の機械工たちも、監督官の挙動を窺いつつではあるが、頬を緩ませ、笑みを浮かべるようになっていた。

隙を突いて、監督官の鉄棒を腰のホルスターから抜き取ると、アルレッキーノは言った。

「今度は私の番だね！　あんたはその可愛い杖を使ってさ、引き続き機械工たちを励ましてやんなさい。星をぴかぴかさせて、妖精にでもなったつもりでね。私は今からこの棒の正しい使い方を教えてあげましょう」

アルレッキーノは先端を床につけ、柄の部分を額に押し当て、鉄棒を中心に廻り始めた。充分に眼を廻してから、棒を投げ捨て、猛然と駆けだした。

「タッタラッタ、フーンフン、タラッ、タラッタッ」

無理に歌まで口ずさみながら、エレベーター乗り場の方へと走るのだが、近くの廃棄物置き場に倒れ込んでしまった。鉄板の上で大の字になり、失敗作の翅や胴体に囲まれている道化の姿を見るべく、監督官たちが集まってきた。

鉄棒を奪われてバット廻りに使われた監督官も、さっと拾い上げ、ホルスターに収めてから寄ってきた。半ば怒り、半ば呆れた様子で言った。

「油断も隙もない！　このピエロ、俺の棒を盗みやがった」

「タラッタラッ、ラン、ラン、タラッタラッ」

倒れても尚、アルレッキーノは歌い続けていた。監督官から杖を受け取り、どうにか立ち上がると、辺りを見廻して言った。

「これでもうお分かりになったでしょう？　きらきらお星様ステッキと、ぐるぐる与太郎バットさえあれば、工場は問題なく操業できるのですよ。鞭がなくても人参があれば馬は走ります。それに、人を棒で殴らなくても、遊んでいれば時間は潰せます。監督官なんて莫迦な仕事はやめて、今日から道化になってみては？」

アルレッキーノは杖を投げ上げた。その場で一廻転してから取ろうと試みるも、未だに眼が廻っており、よろけて倒れ、落ちてくる杖を取り損ねてしまった。身の程を弁えぬ発言を繰り返し、挙げ句の果てには曲芸にも失敗したが、監督官たちを笑わせることはできた。

　部屋に帰るなり天野は反省し始める。今日のアルレッキーノは意味のあることを言い過ぎたのではあるまいか。意味のある言葉は怒りを招き、暴力を引き起こす。私が殴られなかったのは、運が良かっただけなのかも知れない。もっと理屈なしに、殴る気も失せるほど大笑いさせるにはどうしたらいいのか。

　思案の末、天野は枕カバーから道化の帽子を作ることにした。ひとまずは形から入るしかないように思えた。堪え難い空腹も感じられたが、それどころではない。殴打の回避を最優先しなければならない。

　枕カバーを外し、床に置くと、やはりスプレーを噴霧する。緑、青、黄、桃と、手当たり次第に塗料を選び、吹きつけていく。色彩が重ねられ、生地が良い具合にごわごわとしてきた時、天野は急いで鏡の前に行き、早速頭に載せてみた。塗料の乾燥を利用して形を固定させたかった。

　鏡の向こうにはアルレッキーノがいた。スプレーによる白塗りは所々ひび割れ、剝がれかけており、どことなく悲しげな顔をしている。天野は笑顔を作って道化を笑わせ、帽子をどうするか一緒になって考える。

　ああでもない、こうでもない、と、頭の上で帽子を動かして、表情も変化させ、模索を続ける。天野がアルレッキーノの身形を整えているのか、アルレッキーノが天野に帽子を被らせ、からかっているのか、どうとも判断できず、彼は一人でいるのに二人でいるかの如く笑っていた。

帽子の形状と被り方が決まると、深く被ってぐいぐい頭に押しつけ、そのまま固めてしまおうとする。客観的に見れば、帽子とは呼び難い出来であるが、天野は満足していた。こんなにも汚らしい布を好んで頭に載せている者を、誰が殴ろうとするだろうか。

奥の部屋の机に戻り、形は変えず、スプレーで上塗りをする。補強が必要な箇所にはボンドを垂らしていく。帽子が突拍子もなく異様であればあるほど、道化は喜びに酔い痴れる。壁に立てかけてある杖を見て、銀色に輝くアルミの星を確認し、履きっ放しの安全靴の踵も鳴らしてみる。靴を鳴らしながら、帽子を仕上げ、再び鏡の前に立った。何か足りない。帽子が彩り豊かである分、白塗りの剝がれた顔面がみすぼらしく映っている。

天野は考えるよりも早く動き出した。机の上にはスプレー缶が並んでいる。蝶を作らなくなって以来、殆んどの道具は部屋に持ち帰ってきていた。青のスプレーを取り、その場で眼を瞑り、深く吸って息を止め、顔に吹きつけだした。

何本も空にして天井を染めた青のスプレーで、今度は自身の顔面を染めていく。考えて導き出した結論ではない。刺激臭に悶えつつ塗料を噴霧している現在、彼は自分が何をしているのか分かっていない。青い顔をした道化を以前に見たことがある訳でもない。しかし、顔に塗る色は白より青だという確信があった。

噎せ返りそうになりつつ、青い顔を作り、痛みを我慢して眼を開くと、洗面台に戻り、鏡をまじまじと見つめた。頭に襤褸《ぼろ》を載せ、顔を青く塗ってある男が、蝶の翅を思わせる衣装を纏い、歯を剝いて笑っている。

仕上がりは申し分なかったが、夕食の馬鈴薯を茹で始める前に、額と頬に白い雲を描いておきたかった。顔面に青空さえ広げておけば、あまりの莫迦らしさゆえ誰も自分を殴らなくなるに違いない。

3　劇団員が増えていく

天野の夢見た青い空すら顔に描き込み、ますますアルレッキーノは自由闊達に作業場を行き来するようになった。威嚇することはあっても、顔に雲まで漂わせている道化を実際に殴る監督官はいなかった。

仕事の時間が終わると、アルレッキーノは広場でも芸当を披露する。自分一人が殴打を免れていることに疚しさがあった。それに、機械工を笑わせておかないと、監督官から特別扱いされていることを理由に、寄ってたかって私刑に処される可能性もある。

滑り台の天辺に登り、この日も声を張り上げた。

「ご機嫌よう、三角広場にお集まりの貴顕紳士の皆様方！　長らくお待たせいたしました。アルレッキーノのショウ、今宵も開演でございます！」

ベンチに坐り煙草を吸っている者や、昼に負った生傷を互いに見せ、慰め合っている者たちが、滑り台の方へと視線を送った。アルレッキーノは右手で杖を握り、左肩に段ボール箱を担ぎ、青空の広がった顔で笑ってみせる。

段ボール箱には憤怒の表情を浮かべた男の顔が描かれている。誇張されてはいるが、人を殴りたくて仕方がないといった顔をしており、機械工が見れば、すぐさま監督官を思い浮かべる筈だった。月初めに支給される林檎や馬鈴薯の入った箱を、アルレッキーノは被り物にするのである。両眼の部分に穴が空いていて、これを被った瞬間、道化は監督官に変身できる。

遊具から滑り下りると、少し離れた所に立っている機械工に、アルレッキーノは頭を下げた。それから段ボール箱を被った。アルミの杖を鉄棒に見立て、いかにも脅すようにして振り上げる。杖を振り上げたまま、獣の如く喉の奥から唸り、肩を怒らせ、がに股で歩きだした。

しばらくは滑り台の近くを歩いていたのだが、怠けている機械工を発見したかのように、突如として、アルレッキーノ演じる監督官は地団駄を踏んだ。被っている箱を揺らして滑り台に近寄ると、身を躍らせて飛びつき、杖で叩き始める。

滑り台を乱打しながら、アルレッキーノは言った。

「どうだ、ほら、痛むだろうが？　ええ？　躰のあちこちが痛むだろう？　なぜか分かるか？　なぜか分かるかと聞いている。痛む理由が分かるか？　どうだ、痛むだろう？　それがなぜか分かるかと聞いている。それはなあ教えてやろう、俺がこうしてぶん殴っているからだ。つまり、俺がこうして、この鉄の棒で、おまえの躰のあちこちを殴っているから、正確にその部位が痛むようになっているのだ。おまえ、分かるか？　ずきずき痛むだろう？　今はここ！　お次はここ！　ずきずき痛むだろう？　ほうら、そうだな？　そうだろうが？」

滑走面がへこみかねないほど激しく叩きつつも、機械工を怖がらせないように、可能な限り滑稽な身振りを心がける。蟹歩きをして地面を踏み鳴らし、叩くと同時に転んでみたりもする。

やがてアルレッキーノは方針を変えた。単に監督官の真似を大袈裟にするのではなく、広場に置いてある滑り台を機械工と思い込み、一心に叩きのめそうとする、より愚鈍で素っ頓狂な監督官を演じることにした。

「それにしても、おまえは何だ？　どういうつもりだ？　何を食ったらこんなにもでかくなる？　おまえは何だ？　どうしてこんなに躰が硬い？　どうだ、痛むか？　おい、聞いてるのか？　耳はどこだ？　どういうつもりだ？　俺が叩いているのは背中か？　腹か？　腕か？　それとも首筋かね？　俺はどこを叩いている？　俺はおまえを叩けているのか？　おまえはどこにいる？　この全体がおまえなのか？　一部だけがおまえなのか？　ここは何やら階段のようにも見えるのだが、俺の眼がおかしいのか？　それともおまえの躰がおかしいのか？　おまえの背中には階段がついているのかね？　ご丁寧に手摺りまで？　何か言ったらどうだね？　痛い時には悲鳴の一つや二つ上げてくれると、こちらも遣り甲斐があるのだがな！　おまえの眼はどこにある？　俺が見えるか？　なあ、俺はここに存在しているか？」

滑り台の周囲を廻り、あらゆる箇所を叩きながら、アルレッキーノは矢継ぎ早に質問を浴びせた。だが滑り台は言葉を返さない。道化は荒い息を吐き、徐々に動作を緩慢にすることで、疲労困憊していく様を演じる。

ふらふら歩き、時たま思い出したかの如く滑り台を叩くのだが、力は込められていない。物言わぬ遊具の勝利が決まった。監督官は精も根も尽き果て、滑り台に縋りつき、砂の上に仰向けになった。

死の間際に真実を知り、監督官は悔しそうに呟いた。

「おまえは機械工じゃない。さては滑り台だね？」

箱を被ったアルレッキーノは、滑り台の真下に横たわったまま、躰を痙攣させ、監督官が死に至る瞬間まで演じ切ろうとする。滑り台に触れようと手を伸ばし、幽かに吐息を漏らし、男は死んでしまった。しばらく硬直を維持した後、アルレッキーノは立ち上がった。

憎い監督官ではあっても、死を演じるのは過剰なのではないか、ちゃんと滑稽に演じられていただろうか、と、自らの芝居に疑いを抱き、天野とアルレッキーノは恐る恐る機械工の方を見た。だが箱の穴から見る観客の顔は、想像していたより柔らかく、満足そうに笑っている者が多かった。遠くの植え込みの方には拍手をしている男まで見えた。やはり誰も彼も監督官の死を願い、日々の苦しみを耐え忍んでいるのだった。

鷹揚な身振りで、シルクハットでも脱ぐように段ボール箱を頭から外し、観客に向かってお辞儀をした。終演の挨拶を済ませると、長居は無用とばかりに道化はスキップで退場していった。

翌日の芝居に備え、夜中、アルレッキーノは部屋で柔軟体操をしていた。大股を開いて坐り、股関節を柔らかくしようとする。杖を振りながら飛び跳ねるにせよ、盛大に転んでみせるにせよ、軽やかな身のこなしを披露するには、ある程度の筋力と柔軟性が必須であった。

ところが開脚前屈に取り掛かった時、扉が叩かれた。アルレッキーノは開くのを躊躇した。すでに芝居は終わっている。三号棟の一〇九号室は楽屋のような場所であるが、ここでも道化を演じるべきなのか、それとも天野正一の姿を見せてもいいのか、彼には判断がつかなかった。

鏡の前に立ち、青い空が顔から剝落していないことを確認し、アルレッキーノは扉を開く決心をした。スプレーによる化粧が落ちていたら、訪問者とは天野正一として対面していたかも知れない。

扉を開くと、懐かしい者たちが立っていた。小川道夫、ジャーナ、シャーンの三人である。剽軽な挨拶をして、警句を混ぜた洒落でも飛ばせたら、などと考えて開いたにも拘わらず、三人を見るなり道化はたじろいでしまった。

天野は芝居を諦め、作業服を着ている三人に言った。

「お久しぶりですね。元気にしていましたか？」

台詞は嘘臭く響いた。楽屋でも道化芝居は続いており、今度はアルレッキーノが天野正一役を演じているのだろうか。

「こんばんは、天野さん。それほど久しぶりという訳でもありませんよ。でも、長く感じるのは当たり前です。ジャーナもシャーンも、天野さんも、無事に出てこられてよかったですね、本当に」

小川の後ろにはジャーナとシャーンが立っているが、二人とも急に年老いたかの如く見えた。

二度目の蛹化が決定的な痛手となったらしい。顔は強張っており、子供じみた所作も見られず、何かに怯えているようでもあった。

　二人を見つめながら天野は考える。ジャーナとシャーンは自分を怖がっているに違いない。私に唆されて、芋虫の楽園などという幻想を追い始め、最後には自身が蛹に閉じ込められてしまったのだから。

　道化のアルレッキーノとなって以来、二人とは会わずに過ごしてきた。しかし、自分を恐れ、恨んでもいる筈の二人が、小川道夫に連れられて、今夜こうして部屋を訪れたのはなぜなのか。

玄関で靴を脱ぐ三人に天野は率直に尋ねた。

「それで、何の話でしょうか。まさかケイドロの誘いではありませんよね」

　天野に促されてベッドに掛けると、小川は言った。

「ケイドロの再開もいいですね。古谷さん、前に作業場で会ったら、近頃めっきり運動不足だってぼやいてましたよ。あれから僕らも何となく遊ばなくなりましたから。中川だってどうしているやら」

　二人を巻き込んだことについて非難されるのかと思いきや、小川の口調は穏やかだった。自分のことを内心ではどう思っているのかと天野が考えていると、小川は本題を切り出した。

「しかしですね、勿論ケイドロのことは別にいいんです。そのうち再開できたら、とは思いますけれど、そうじゃないんです。もっと急を要する話がありまして。実は今日はお願いがあって来ました。天野さん、いいや、アルレッキーノさん、僕たち三人も道化にしてくれませんか？」

面食らっている天野には構わず、ベッドに寛いで掛けたまま、小川は喋り続ける。両隣には老僕のように見えるジャーナとシャーンが坐っている。若き主人の言葉に同意しているのかそうでないのか、判然としない表情を浮かべている。

「天野さん、蛹から出て、道化になって、まったく殴られなくなりましたよね。それで僕らも道化になれたらって思ったんです。天野さんみたく跳ねて踊って、おかしなことばかり喋っていれば、もう痛い目に遭わなくて済むかもって、ちょっと安易ですけれど思いついたんです」

「この相談、二人の同意は得られていますか？　部屋に来て私と顔を合わせるなんて、嫌で嫌で堪らなかったのでは？」

「監督官が踏み込んでくるんじゃないかと怖がってはいても、大丈夫です。だって天野さんが蛹に閉じ込めたんじゃなくて、二人をあんなにも苦しめたのは、監督官たちなのですから」

台所を背にして立ち、天野は二人の様子を眺める。確かに、この部屋での記憶に苛まれているだけで、自分のことは恨んでいないのかも知れない。だが、その楽観こそ独り善がりではないか。この世の誰より恨まれていると思った方がいい。

天野は言った。

「小川さんは運が良かっただけですよ。あの時、あなたも芋虫を作っていたら、きっと私を恨んでいたでしょう。それに、もしジャーナとシャーンがまた蛹に入れられたら、どうするんですか？　私は偶然アルレッキーノになれましたが、無理に道化を演じて、もっとひどい罰を受けたりしたら？」

左右の二人と肩を組み、小川は言った。

「二人には覚悟があります。すでに限界なんです。できるかどうか分からなくても、道化になるしかないんです。背中を見てあげてください」

ジャーナとシャーンは立ち上がり、天野に背中を向け、揚羽の作業服を脱いだ。かつて広場で見た時よりも遥かに悪化していた。傷の数は多くなり、殆どすべてが青痣になっている。瘡蓋が点在しているが、治る前に殴られるらしく、血の滲んでいる箇所も見られる。

「あんまり言いたくはないですが、やっぱり幾らかは天野さんの責任でもありますよ。あの一件以来、二人は眼をつけられたんです。蛹で罪を償ったのに、それでもまだ殴られる。道化になった天野さんと違い、ジャーナとシャーンには生きる道も逃げる場所もない」

二人の後ろ姿を見て天野は考える。異なる宇宙に通じる穴はどこにも空いていないのか。行けども行けども罪と罰がついて廻る。ある時は被害者となって、ある時は加害者となって、理不尽な暴力に晒され、そうかと思えば手近な者に暴力を振るい、逃げ場もなく生き続けている。

自分の薄情に呆れつつも、苛立ちを抑えられなくなってきた。アルレッキーノはいつまで留守にするつもりなのか。このような世界から逃げるため、天野正一をやめて道化になったというのに、これでは元に戻ってしまうではないか。

諦めてほしいと思いながら、天野は言った。

「道化になるのに失敗したら、死んじゃうかも知れませんよ」

ジャーナとシャーンを再び坐らせ、小川は言った。

「何もしない方が危険です。幼虫作りには協力できませんでしたが、今度は僕も一緒にやらせてください。ジャーナとシャーンも心配ですし、僕だって殴られない方がいい。もう嫌ですよ、こんなのは」

眼の前の小川道夫も偽善者である如く感じられた。ジャーナとシャーンは口実に過ぎないのではあるまいか。自分が助かりたいゆえに、二人を使い、こちらの罪の意識を膨らませ、要求を通そうとしている。ジャーナとシャーンが道化に変身し損ね、命を落としてしまっても、構わないと考えているのではないか。そう思えてならないが、自分の歪んだ思考を小川に投影しているだけなのかも知れない。

天野は喋らぬ二人に話しかける。

「二人とも本当に道化になりたいんですか？　芋虫と葉っぱを散らかして、最後にはあんなことになり、こんな部屋、二度と来たくなかったのでは？　私の口車に乗せられて芋虫を作り始め、死にかけたというのに、今度は小川さんの口車に乗って、よりによって道化に弟子入りするのですか？　生きていくならば機械工の仕事を頑張るべきです。道化師に弟子入りして、未来が拓けると思いますか？　もっと慎重に、多くの可能性について考えてみてください」

こうまで言われても二人は一言も返さない。じっと天野の眼を見つめている。決意の固さを示しているつもりなのか。かつては喋らずとも表情や仕草によって豊かに感情を表現していたが、今は険しい顔をして、口をへの字に結ぶばかりである。

左右に坐る二人に、小川が優しげに言った。

「道化になりたいんだよね？」

ジャーナとシャーンは頷いた。餓鬼大将と子分から、若旦那と老僕へと変わっていたが、小川には依然として懐いているようだった。天野は二人を見つめ、彼らがピリラとピレロだった頃を思い出す。再び過ちを犯そうとしていると知りながら、彼は自棄になり、アルレッキーノの声で言い放った。

「もういいったら！　旦那、道化になるもならないもあんたの自由さ！　さっさとなればいい。なっちまいなさいよ！　道化になって、走り廻って踊り狂って、その合間に、ちょいちょいっと二人を守ってあげたらどうです？　案ずるよりも産むが易しってね。まずは旦那様が道化になってご覧なさい」

そう言うと、アルレッキーノは飛び跳ね、三段跳びをする如く机の前まで行き、黒のスプレーを取ってきた。ベッドの前に戻ると、道化の不意の登場に驚く小川を立たせ、彼は言った。

「さあ、さあ、眼を瞑ってください！　しゅうっと黒く、あんた、あっという間に私の相棒になれますよ。二人のことはいいでしょう。旦那が上手くいってからでも遅くありません。ほうらほら、眼を瞑んなさいったら！　息も止めておかないとね。そんじゃ失礼しますよ！」

「待って、天野さん、まだちょっと、あの」

アルレッキーノは塗料の噴霧を始めた。ジャーナとシャーンは慌ててベッドから立った。小川は苦しそうな表情を浮かべているが、顔は見る見る黒一色に変わりつつあり、道化の誕生が迫っていた。

塗り終えると、アルレッキーノは祝福して言った。

「おめでとうさん。これで小川道夫はいなくなっちまったよ。おまえは今日から道化のペドロリーノさ！　鏡を見てみるといい。よし、よし、仕上げに黄色でお星様を足しておこうかね？」


アルレッキーノは青い顔面に雲を漂わせており、ペドロリーノは黒い顔面に星を輝かせている。アルレッキーノは昼の空を、ペドロリーノは夜の空を、顔面に描き、蝶または蛾の道化となり、互いを追うようにして舞っている。

だが、ペドロリーノにはアルレッキーノの軽やかさが見られなかった。戸惑いがあるらしい。アルレッキーノが、時に監督官にまで罵言を飛ばし、星の実った杖で機械工をくすぐり、風のように駆け抜けていく時、ペドロリーノはと言えば、舌は廻らず、挙措は鈍臭く、真似をするべくアルレッキーノの方を眺め、ぽかんと口を開けて立ち尽くしていることさえある。

　初日の芝居であるのみならず、俄仕込みの道化であるからには仕方ない。自分の名を見つけ、自ら顔を塗り上げたアルレッキーノと、アルレッキーノによって顔にスプレーを吹きかけられ、名を貰ったペドロリーノでは、発生の過程から異なっている。

　ペドロリーノの元に駆け寄り、アルレッキーノは助け舟を出した。

「おまえさん、見ない顔だね？　その、野良の黒犬みてえに汚い面構え、道化の仲間に決まってるよ。名は何というのかね？」

「おいら、ペドロリーノだよ。おまえさんこそ何というんだね？」

口調を真似られているのを喜び、アルレッキーノは言った。

「私の名前はアルレッキーノさ。この工場に召し抱えられてから、随分と長いこと働き詰めでね。ふざけてばかりいるけれど、ふざけていなくっちゃ、あっという間に殺されちまうんだから、必死も必死さ！　つまりは真面目一徹、命懸けでふざける仕事をしているってことになる」

関心ありげな顔でペドロリーノが尋ねる。

「他の連中はどうだね？　この人らは命懸けではないのかね？」

「いいや、この連中だって命懸けなことに変わりはない。机を覗き込んでご覧よ。蝶を作って、背中殴られて、そりゃあもう死ぬ思いで小金を稼いでる。命懸けで働いていないのは、ほれ、あの連中さ。あっち、見えるだろ？　緑の制服を着た、そうだとも、そうだとも。あいつらはね、気楽に鼻歌交じりに、機械工をぶっ叩く。人様を殴って生計を立てているんだから、大したものだよ。私もああして暮らせたらなあ！　苦しめたり泣かせたりするより、笑わせる方がずっと大変だもの」

監督官たちの眼差しを意識しながら、眼をひん剝き、蟹歩きをして、辺り構わず杖を振り、アルレッキーノは監督官を演じてみせた。それからペドロリーノに詰め寄ると、道化の先輩として言った。

「おい、おまえさん、帽子はともかく、なぜ杖を持っていない？　道化なら杖を持っていないと。それにだ、もしもだよ、万が一の話さ、道化の腕を認めてもらい、監督官の地位まで昇進したとして、その時におまえさん、何を使って機械工を殴るつもりだい？　折角のチャンスを棒に振るつもりかい？　それじゃ駄目だよ。チャンスが訪れたなら、棒に振るんじゃなくて、背中めがけて棒を振らなくちゃね。ほうら、こうさ、こうやるのさ」

アルレッキーノはステップを踏み、靴音を鳴らし、びゅんと風を切って緑の杖を振り下ろす。すると紐で吊るしていたアルミの星が一枚、どこかに飛んでいってしまった。ペドロリーノの顔に広がる夜空を見て、彼は言った。

「頬っ辺のお星様、素敵じゃないか。それを一つ貰えたら、この杖も直せるんだがね。そうだ、思いついたぞ。名案という奴だな。それとも妙案という奴かな？　おまえさんの顔には星が描いてあり、私の杖には星がぶら下がっている。そんでもって、私の顔には雲が描いてあるのだから、当然おまえさんの杖には雲をぶら下げないといけない筈だ。つまりだね、顔が雲なら杖には星を、顔が星なら杖には雲を、って訳さ。これが必然ってものだろう。どうだね、道化らしくもないけど、非常に合理的じゃないかね？　それとも道化らしい不合理の極みかね？　あるいは道化らしくもない不合理の極みかね？　いやむしろ、あまりに道化らし過ぎるほどの、合理性の極致と言うべき発想かね？」

夢見る如く惚《ほう》けた顔をして、ペドロリーノは言った。

「おいら何でもいいけれど、早く自分の杖を振り廻せたらなあ」

「よしきた。むらむらと雲の湧く杖、拵えてやろうじゃないか」

二人は新しい杖を求め、監督官の真似をしつつ作業場を練り歩く。機械工の机を覗き込み、時たま蝶に触れ、ぎくしゃくと蟹歩きで移動し、不意に跳躍も織り交ぜる。アルレッキーノに続いてペドロリーノが動作を模倣する。

機械工から作りかけの蝶を借り、自分たちの服に飾りつけたりしていると、行く手に監督官が立ち塞がった。

「おい、おまえは誰だ。アルレッキーノとそこで何をしている？　早く持ち場に戻って蝶を作りなさい」

前に進み出て、ペドロリーノは台詞を口にした。

「おいら、ペドロリーノだよ。おまえさんこそ、何というんだね？」

中年の小柄な監督官は仁王立ちになり、耳障りな高い声で言った。

「アルレッキーノの次はペドロリーノときたか！　ふざけるのも大概にしてほしいものだ！　道化は二人も必要ないぞ。今すぐ机に向かえ」

アルレッキーノが間に入って言った。

「旦那様、どうか大目に見てやってください。寛大な心でお願いします。この与太郎、まだ見習いでありましてね。敏捷に動けもしなければ、軽口を叩くにも舌が固まっちまい、しどろもどろという有り様でして！　やいやい、ペドロリーノ、旦那様を笑わせられないと、おまえさんの命はないぞ？」

ペドロリーノの耳元に口を寄せ、内緒話でもする如く、しかし、監督官にもはっきり聞こえるように、アルレッキーノは言い足した。

「旦那様と呼んでやってはいるがね、このおっさんもひどく間抜けな道化だよ。私らとは違って、自分が道化とは夢にも思ってない道化だね。怒ってないのに怒ってる振りをして、人様を棒で殴り、それで一丁前に職業倫理を説いてみせる。詐欺師か狂人、あるいは詐欺師かつ狂人なのさ。糞ったれの大莫迦野郎とも言える。いずれしても、自覚はしていないが道化には違いない。要するにだよ、このおっさんも、棒と舌で生きているって訳だ。私らとまったく同じでね、卑猥な棒と、卑猥な舌で、卑猥な生涯を過ごしているだけなのさ。おっと、おっと、喋り過ぎちまった。もし筒抜けだったら、二人とも殺されちまうよ！　聞かれていませんように！　おい、ペドロリーノよ、おまえさんも一緒に聞かれてないことを祈るんだ。ほら、隣に坐っておくれ」

二人揃って跪き、祈り始めると、小柄な監督官が言った。

「すべて聞こえているぞ、アルレッキーノ！」

アルレッキーノは立ち上がり、顔を歪め、泣き真似をして言った。

「ひいい、旦那様、勘弁してください！　ご容赦を！　この舌がいけないのです。全部この舌の所為です。道化の舌はよく廻るものですから、時には自分でも知らないことを知らないまま喋ってしまうのです。何を言ったのかもう覚えていませんよ！」

監督官も芝居に引き込まれており、鉄の棒を振り上げてはいるものの、表情は緩んでしまっている。監督官は監督官を演じる俳優の如く言った。

「貴様、この期に及んで言い逃れをするつもりか！　俺のことをよりにもよって道化呼ばわりしただろう。首をすぱんと刎ねてやろうか？」

アルレッキーノは躰を仰け反らせ、倒れそうになりながら言った。

「首をすぱんと刎ねるとは恐れ入りました！　その棒で首根っこをぶっ叩いても、骨は折れるでしょうがね、斬り落とすなんて無理ですよ！　旦那様もこれで役者の仲間入りですね。まあ、首を刎ねられては困るのですが、首だけになろうとも、きっと私は喋り続けます。首だけになっても、いいえ、舌べろ一本、芋虫みたいになっても、どうにか喋り続けてみせますとも」

「おまえが一本の舌になって這っている姿、是非この眼で見てみたいものだ。だがな、アルレッキーノよ、おまえのことは認めても、こいつは別だぞ。これから次から次へと道化どもが現れて、機械工が一人もいなくなり、地下工場が停止したらどうするのだ？　新しい道化など許せるものか」

「ところがね、旦那様が許さなくっても、道化は生まれてくるのです。意外にも、暗い地下の世界でこそ、陽気な道化たちが引っ切りなしに誕生するのです。ペドロリーノ、改めて挨拶してみたらどうかね？」

　アルレッキーノはペドロリーノに杖を貸す。ペドロリーノは杖を振り、星を鳴らして言った。

「おいら、ペドロリーノだよ。生まれたての道化、ペドロリーノだよ。おいらの名前はペドリーノ。いや、違った。ペドリーノじゃなくてペドロリーノさ。どっちも同じだけどね。うん、うん、自分の名前、口に出すだけで楽しくなってくる。新しい名前だからねえ。前は小川道夫って呼ばれてたけど、ペドロリーノの方が恰好良いし、覚え易い。ペドロリーノ、ペドロリーノ、ペドロリーノ。そんなに怖い顔しないでさ、一緒にどうだい？　ペドリーノと言ってご覧よ。いいや違う、ペドロリーノと言ってご覧よ」

アルレッキーノは言った。

「旦那様、どうですかい？　努力する道化ってのも、なかなかに可愛いものでしょう。新入りの奴、健気に頑張っているじゃありませんか」

監督官は独り言を呟くように言った。

「だが、そうは言っても、なあ、こんなことを許していたら」

アルレッキーノは畳み掛ける如く言った。

「さあ、そろそろ旦那様も機械工を殴る仕事に戻ったらどうですか？　この見習い道化を叱ったり、殴ったりするのは、私の仕事でしょう？　旦那様はいつも通り、偉そうな顔でのしのし歩いて、機械工の邪魔をしていればいいのです。さあさあ、道化のことは道化にお任せを！　ペドロリーノ、道を空けてやんなさい」

ペドロリーノが恭しく頭を下げると、眉を顰め、首を傾げつつ、監督官は離れていった。杖を返そうとする見習いを制止して、アルレッキーノは言った。

「いや、その杖は、今日はおまえさんが持ってるといい。機械工たちの背中、殴られた傷を星でさすってやりなさい。それより、おまえさんも順調に道化じみてきたじゃないか。うむ、うむ、ペドロリーノ万歳だ！」

言葉を使わぬジャーナとシャーンは、道化となってパントマイムを繰り広げるのではなく、黒い四足獣となって道化の周囲を徘徊することになった。四人も道化がいるのはどうかと思い、天野は二人を獣に変身させたのであった。

ジャーナはピリラに、シャーンはピレロに、それぞれ逆行させられた。蛹による拘束の原因となった名前を再び使うのはいかがなものか。それも、獣になるにも拘わらず、芋虫が由来となっているものである。しかし、天野が知恵を絞っても新しい名前は思い浮かばなかった。

ピリラとピレロは顔を黒く塗られており、新たに支給されたパジャマも真っ黒に染められている。その姿はまるで黒豹のようである。二人はこの夜も広場に放たれ、調教師を務める道化の傍でエチュードに励んでいる。

獣たちは獲物を探す如く眼を光らせ、時計台の周りを彷徨っている。猛獣使いとしてペドロリーノが時に鞭を振る。鞭とは言っても、荷造り用の紐をガムテープで補強したものに過ぎず、ジャーナとシャーンが本物の苦痛に喘ぐことはない。

まだ監督官の前での芝居には参加させていない。いきなり作業場で演じ、監督官を激昂させれば、二人は死んでしまいかねない。広場でのエチュードを通して、獣の動きと鳴き声を習得できたら、本番にも出演させる予定だった。

鞭でなく緑色の杖を振り、アルレッキーノも二頭に指示を出す。

「そらそら、滑り台に登ってきなさい！　今度は二足歩行で頼むぞ！　別の動物に変身するんだ！　やあ、やあ、行けったら！」

ピリラとピレロは立ち上がると、鳴き声を上げながら、今度は猿のように敏捷に滑り台の方に跳ねていった。

「キャキャ、キャキャッ！　キャイ、キャイ！」

「キャア、キャア！　キャキャ、キャア！」

言葉は喋らない二人だが、叫びなら上げてくれると気づいたのも、道化芝居の練習を始めてからのことだった。ペドロリーノが二頭を追いながら言った。

「愉快なお猿さんたち、そうだ頑張れ、その調子だ！」

早速ピリラとピレロは滑り台に登り始めたが、まさしく人間の所作であり、これまた滑稽な効果を上げていた。ピリラ、ピレロの順で、しっかり手摺りを摑んで、一段ずつ上っていく。

アルレッキーノはその光景を、天野正一の眼で眺めてしまう。かつてケイドロをした公園で、今はサーカスの練習をしている。警察と泥棒でなく、調教師と動物となり、やはり追う者と追われる者とに分かれ、夢中で走り廻っている。進歩なのか退歩なのか分からない。一体自分は何をしているのか、というお定まりの問いが浮かんでくると、道化は絶叫した。

「私は道化のアルレッキーノでございます！」

前方を走るペドロリーノが呼応して叫んだ。

「おいら、ペドロリーノだよ！」

アルレッキーノも滑り台に向かって走りだした。

「顔に雲の漂う道化、アルレッキーノでございます！」

滑り台を見上げながら、ペドロリーノが再び叫び返した。

「顔に星の輝く道化、ペドロリーノだよ、おいら！」

滑り台の天辺で、ピリラとピレロも鳴き声を上げてくれた。

「キャア！　キャア！」

「キャキャ、キャイ！」

ピリラとピレロがするすると滑り下りてきた。アルレッキーノも滑り台に駆けつけ、二人の道化と二頭の獣は顔を合わせた。アルレッキーノは獣らにも感謝を示し、対等な仲間であると示すべく、自身も四つん這いになった。

唸り声を上げげながらしなやかに動き、滑り台の下をくぐったアルレッキーノを見て、ペドロリーノが言った。

「天野さん、すごいですねえ！　ジャーナとシャーンよりも動物、上手いじゃないですか！　二人はもっと頑張らないといけないね」

仕事を終えた機械工らが見物しているというのに、軽率にも小川道夫の素顔を見せてしまった見習いに対して、アルレッキーノは怒りを露わにした。しかし彼は天野正一として説教をする代わりに、あくまでアルレッキーノとして、憤慨すらも戯画化しようと試みる。

アルレッキーノは二足歩行に戻り、杖を制裁用の鉄棒に見立て、監督官の真似をしてみせる。アルレッキーノの十八番とする、蟹歩きしかできない機械じみた監督官が出現すると、小川もペドロリーノの口調に戻して言った。

「旦那様、どうか殴らないでくださいませ！　おいらみたいな道化を殴るよりも、このけだものどもを躾けてやってくだせえ！　こいつら、主人の言うことをてんで聞かんのですよ！」

その言葉を聞き、顔も衣装も黒尽くめのピリラとピレロは駆けだした。四つん這いで逃げるため、すぐに追いつけそうだった。ペドロリーノがスキップで追いかける。

「おい、待てったら！　待ってくれ！　おいらが殴られちまうよお！」

二頭の獣を追いかける道化と、それには構わず、狂ったように滑り台を乱打する監督官を見て、見物客は笑っていた。アルレッキーノは内心ほっとしつつ、蟹歩きを続け、滑り台を叩き、獣が脱走する場面に音響効果を重ねてみせた。


夜の広場でのエチュードを経て、ピリラとピレロが獣の役に慣れてきた頃、新しい登場人物である監督官Aと監督官Bが生まれた。毎晩繰り広げられるエチュードに魅惑され、以前のケイドロ仲間、中川陽介と古谷歩も参加を申し出たのだった。

天野は二人を監督官の役に抜擢し、中川陽介をAに、古谷歩をBに変身させた。パジャマを緑褐色に染め、黒く塗ったアルミ棒を持たせ、蟹歩きで広場を歩かせてみると、観劇している機械工の顔にも緊張の色が見られるようになった。

道化が一人で二役を演じるのではなく、独立した監督官を登場させることには、大きな意義があった。殴り役さえ芝居に取り込んでしまうことで、本物の監督官が殴りに来る余地をなくしてしまいたかった。さらには道化が機転を利かせ、監督官を懲らしめる場面を作れば、観劇を通して機械工らの胸も晴れるのだから、一挙両得である。

ピリラとピレロのお披露目までに中川と古谷も演技を完成させねばならず、皆でエチュードに取り組んでいた。監督官AおよびBは、蟹歩きをしてはぴたりと立ち止まり、機械仕掛けのように鉄棒を振り下ろす。アルレッキーノとペドロリーノは近くで殴打を避ける身振りを交え、ひらりひらり踊り続けている。

完成したばかりの、雲の湧く杖を振りながら、ペドロリーノが叫んだ。

「おいらを捕まえられるかい？　緑の兄ちゃんやい！」

挑発に乗り、監督官Aは怒りの形相で追いかける。だが、演じている中川は蟹歩きをやめず、追いつこうと必死になればなるほどに、見る者の眼には、ますます滑稽に映るように努めていた。

蟹と化した監督官Aに、観客たちも野次を飛ばした。

「やい、監督官ども、もっと速く走ったらどうだ？」

「そんなんじゃピエロに逃げられちまうぞ！」

「今日は俺たちが後ろから叩いてやろうか？」

中川と古谷が監督官に扮し、練習に参加するようになってから、明らかに観客の数は増えてきていた。機械工は皆、道化と獣によって弄ばれる監督官の姿を見たがっていたのである。

アルレッキーノはあえて監督官の側につき、二頭の獣をけしかける。

「旦那様がお困りだぞ！　新入り道化を捕まえて、がぶりと噛んでこい！」

「キャン、キャーン、キャン、キャキャキャ！」

「キャン、キャン！　キャーン！」

ピリラとピレロは猟犬の如く駆けていく。だが二人とも四つん這いを続けており、身軽にスキップをするペドロリーノに、蟹歩きの監督官Aも、ピリラとピレロも、追いつける筈がない。三人とペドロリーノの距離は広がる一方だった。

ブランコの柵に坐り、監督官Bが棒で素振りをしながら言った。

「誰か教えてくれ！　俺は誰を殴ったらいいんだ？」

馳せ参ずるなり、アルレッキーノはBに進言する。

「旦那様、全員ですよ。私とあなた以外の全員を殴らなければなりません。先頭を走る新入り道化は勿論のこと、その後ろを這っている旦那様のお仲間の蟹野郎も、そのまた後ろを跳ねてやがる汚い野良犬たちも、その棒でぶちのめしてやってください。いえ、それだけでは足りません。この莫迦騒ぎを傍観している機械工の連中だって殴りつけてやらなくては。秩序を乱す者を、分け隔てなく、平等にぶん殴ること、それが旦那様の職務でしょう？」

古谷は頭を抱え込み、貧乏揺すりをしながら言った。

「俺には分からんが、なぜか分からんが、おまえさえ殴れば工場は元通りになるように思えてならんのだ。俺には、なぜか分からんが、よく考えてみた訳ではないが、おまえさえぶん殴れば、すべて解決するように思えてならんのだ。俺には分からんが、俺には分からんが！」

古谷の演技に感心しつつ、アルレッキーノは言った。

「旦那様、私の尊敬する旦那様、お見事でございます。そうです、私です、私を殴ればいいのです。ご明察の通りです。全力で殴りつけてご覧なさい。それだけで解決しますとも。恒久的な秩序ってものが再建されます。まあ、ご自身のおつむを叩いてみても、結果は同じなのですが、それではちょっと痛いでしょうからね。さあ、さあ、私を殴りつける前に、私を一撃で確実に叩きのめすために、いっちょ、猛特訓といこうじゃないですか！　これから練習場まで案内しますから、どうぞ、私の後ろを」

蟹歩きするBを、アルレッキーノは広場の中央に連れていく。Bは右手で棒を振り上げ、左手で頭を抱えており、今すぐアルレッキーノを殴るべきか、それとも言われた通りにするべきか、葛藤している様子であった。機械工たちも数人、道化と監督官の遣り取りを見物しようと近寄ってきた。

時計台の正面まで来ると、アルレッキーノは言った。

「旦那、これを私だと思って殴ってみてください！　練習です。まずは練習です。時が止まるまで叩いてご覧なさい。案外それだけで、時計を壊すだけでも、世界は元通りになるかも知れませんよ？　理屈は分かりませんが、時間が止まれば道化もいなくなるでしょう？　いや、ひょっとして反対かね？　時間が止まると道化が現れるのかね？　糞、分からねえ、何でもいいや！　旦那様、さあ手加減なしに殴るのです。時を止めてやってくださいませ」

額に脂汗を浮かべ、困惑と苦悶の演技をしてみせたのちに、監督官Bは猛烈な勢いで叩き始めた。時計台が叩かれる度、アルレッキーノは自分が殴られたかのように呻き、よろめき、危うく転倒しそうになっては、軽やかに身を翻し、満面の笑みで悲鳴を上げてみせる。

アルレッキーノが痛がる振りをすると、Bは恍惚の顔を作り、さらに力を込めて時計台を殴りつける。その間、機械工の野次と喝采は途切れず、広場の端、金属の沈丁花の生えている植え込みの方からは、それらの声に合わせる如く、獣たちの叫びも聞こえてきた。

4　旗揚げ公演

ある夜更け、劇団員は楽屋に集まり、翌日の初公演に向けて調整を行っていた。いよいよアルレッキーノとペドロリーノのみならず、二頭の獣のピリラとピレロ、それから監督官Aと監督官Bも、昼の作業場で演技することになった。

床には四着の作業服が広げられている。今まで二人の道化以外は、昼には従順に模造の蝶を作っていたため、作業服は染められていなかった。代わりにパジャマを染め、一時的に衣装として使っていた。だが、明日からは昼間の仕事を投げ出し、監督官の制裁を躱《かわ》しつつ芝居に臨まなくてはならない。作業服を衣装に作り替え、機械工から俳優に変身すべき時が訪れた。

中川陽介と古谷歩は緑のスプレーを、ジャーナとシャーンは黒のスプレーを持ち、パジャマ姿で極彩色の作業服を眺め下ろしている。揚羽の作業服を染め直さずに使えるのは道化だけである。部屋の清掃費を余計に請求されぬよう、作業服の下には没にした翅の図案など、幾枚もの再生紙が敷かれている。

天野は変身の際に、部屋を密閉しておくことに拘っていた。芋虫の楽園を作っていた頃と同様、刺激臭が充満するのはむしろ好ましい事態であった。部屋の空気を内と外で行き来させてしまうと、変身し損ねるように思えてならない。

机の上には硬貨よりも薄べったい、アルミの星と雲が散らばっている。星も雲も中心に穴が空いており、紐で杖に結わえられるようになっている。天野は星を机の左半分に集め、雲を右半分に集めた。自分は星を取り、小川道夫に雲を渡し、二本の杖をさらに賑やかに飾るつもりだった。

星と雲が分かれていく様を見つめながら、小川が言った。

「スプレー、やっちゃいましょうか」

右隣に立つ小川の方を向き、天野は言った。

「そうですね。作業服を染めれば退路を断つことになりますが、大丈夫です。皆、必ず暴力から逃れられますとも」

「おいおい、おまえさん、勘弁してくれ。堅苦しくてちっとも道化に似合わない台詞を吐いたね？　聞いたよ、おいら、この耳で聞いたからね！　そんな調子だと明日からはおいらが先輩道化のアルレッキーノで、あんたは見習い道化のペドロリーノになるかも知れないね」

楽屋にいるにも拘わらずアルレッキーノの帽子を被り、突然に道化となった小川に、天野も演技を返してみせる。

「ああ、いいとも。アルレッキーノの名前はあげるとも。その帽子だっておまえさんにやるさ。けれどもね、そうしたら私は監督官に昇進して、おまえさんを追っかけ廻し、真っ赤に腫れ上がるまで、その尻、叩きまくってやる。それはそうと、ほうれ、見ろ、おまえさんの雲も増やしてやったから、杖に括りつけておきなさい。この雲で目眩しを仕掛けるんだ」

小銭を集める如く雲を掻き寄せ、ペドロリーノは言った。

「ああ、こいつはありがてえ！　これでもう心配ねえ！　殴られそうになったら、雲を追いかける振りして逃げちまえばいい。自分でぴらぴら動かしてさ」

銀河を混ぜるようにして星を集め、アルレッキーノも言った。

「子供がちょうちょを追っかけるみたいに、待ってよう、なんて言いながら、さっさと逃げるに限るよ。私は星を追って、おまえさんは雲を追って、あっという間もなく走り去ってやろうじゃないか」

台詞の応酬に触発され、ジャーナはピリラに、シャーンはピレロになり、劇の世界に入ってきた。二頭の獣は背後で叫びを上げた。

「キャーン、キャーン、キャ、キャア！」

「キャーン、キャ、キャ、キャア！」

獣らが興奮状態に陥ると、すぐさま監督官Bの声音を作り、古谷が言った。

「こらこら、静まらんか、けだものめ！」

中川も血気盛んな監督官Aを演じて言った。

「どうせ人の言葉は理解できぬのだから、棒で叩くしかあるまいな？」

「キャン、キャン、キャーン！」

「キャン、キャン、キャン、キャーン！」

獣らが息を合わせて咆哮し、今にも騒ぎが始まりそうな雰囲気が生まれたが、天野は声を戻して言った。

「さて皆さん、積み重ねてきた練習の成果はこの通りです。きっと大丈夫です。衣装を仕上げてしまいましょう！」

道化師から座長になった天野の合図で座興は終わった。ジャーナとシャーンは黒を、中川と古谷は緑を、腰を屈めて繋ぎに噴霧し始めた。

塗料の臭気に内部を満たされ、一〇九号室は瞬く間に一つの蛹となった。六人の男はそこで渾然一体となり、皆で一頭の蝶に変容していった。


始業時間を少し廻った頃に、広場で時間を潰していた俳優たちはエレベーターに乗り込んだ。上昇していく箱のなか、緊張している仲間の様子を見て、天野も星の杖を握り締めた。

ジャーナとシャーンは昨夜、架空の獣たち、ピリラとピレロに成り切るために、繋ぎを黒く塗るのみならず、団地の共用部分にあった箒の穂を引き抜いて、接着剤で体毛のように貼りつけていた。誇らしげに衣装を纏った黒い獣らを前にして、中川陽介は早くも監督官の顔を作っており、その隣では古谷歩も仏頂面をしている。

天野は一座を見廻して言った。

「止まって扉が開いたら、開幕の合図です。いいですね。全身全霊、芝居に没頭するのです」

小川道夫ではなくペドロリーノが言った。

「ピリラ、ピレロ、おいらの動物たち！　ドアが開いた瞬間、おまえらは自由さ。どこへでも駆けていくといい」

「キャン、キャ、キャ、キャーン！」

「キャーン、キャーン、キャキャ！」

飼い主であるペドロリーノに向かって獣らが吠えると、中川と古谷も監督官に変身を遂げた。表情はさらに厳格なものとなり、二人は道化と獣を敵意の眼差しで見つめ始めた。

左手の人差し指で自らの顔を指し、アルレッキーノは言った。

「エレベーターのなかは勿論のこと、仕事場まで上昇したって、空なんて見えやしないが、私の顔にはこの通り、青空が広がっている。ペドロリーノの顔には満天の星が。いいかね？　この工場では道化とその仲間以外、お日様やお星様の下で堂々と生きることはできないのさ。さあ、今日は私たちの初公演、いわゆる旗揚げ公演って奴だ。思う存分にふざけ尽くしてやろう」

アルレッキーノが台詞を言い終えた時に、エレベーターは止まった。幕が開くや否や四人と二頭は身を躍らせ、眼の前に広がる舞台に飛び出していく。

ピリラとピレロが機械の音にも負けず猿の如く大声で喚くと、エレベーター乗り場の近くにいる機械工は一斉に振り向いた。緑に染めた作業服を着ている監督官Aと監督官Bは、振り向いた機械工を威圧するべく、アルミの角棒を振り上げ、そのままの姿勢でぴたりと静止した。

監督官Bが声を張って言った。

「おまえたち、何してる？　俺たちを熱心に見つめてるが、そんなに殴られたいのか？　そういった意味の視線かね？　それとも違う意味の視線かね？　眼差しの意味を言い給え。希望かね？　恐怖かね？　はたまた意味などないのかね？　自ら視力検査でもしているのかね？　まさか！　意味はあるんだろう？　殴られたいんだろう？　やはり希望かね？　いやいや希望の反対、まさに恐怖の視線かね？　まあ、いい。いずれにしても棒は振り下ろされる訳だからな。正確無比に、その背中に！」

監督官Aも叫んだ。

「今すぐ蝶を作る作業に戻れ！　おまえたちの眼は蝶を見るためにあり、背中は殴打に耐えるためにある。さあ、早く、作業に戻って一頭でも多くの蝶を作りなさい。俺たち二人はこれから全員を叩いて廻るが、もしかすると叩かれた箇所から綺麗な翅が生えてきて、おまえたち今日という今日こそ、本当の蝶になって飛べるかも知れんぞ？」

初公演で緊張しているからか、少々残酷さが高まり過ぎている演技を見て、アルレッキーノは劇の方向を変えようとする。彼は杖を振り、星々で幻惑する如く、二頭の獣をけしかける。

「ほれ、黒くて黒くて、牙だけ真白い獣ちゃんたちよ、あの威張りん坊どもの尻、がぶがぶっと噛んでやんな。偉そうに尻を振って、どしんどしんと河馬みてえに歩くだけの連中に、自分のだらしねえ臀部の形を思い出させてやるんだ！」

「キャ、キャ、キャア！」

「キャキャ、キャーン！」

道化に命令されると、二頭は猿から黒犬あるいは黒豹になり、尻を狙って四つん這いで動きだした。監督官AおよびBは棒を振り廻し、獣たちを追い払おうとするのだが、ピリラとピレロの素早さには太刀打ちできない。二人とも忽ち背後を取られ、尻を噛まれてしまった。

「ぎゃあ！　何をする、畜生めが！」

「痛い、やめてくれ！　お助けを！」

監督官の方が獣じみた叫びを上げた。その様子を見て機械工たちは仕事そっちのけで笑っていた。アルレッキーノは彼らをいっそう笑わせるべく、腿にあるポケットをまさぐり、左右から一つずつ林檎を取り出した。杖を股に挟むと、練習不足としか言い様のない、不完全なジャグリングを披露する。

ジャグリングをしながら、股に挟んだ杖を落とさぬよう、背中を丸め、内股になって機械工の方へと前進する。ゆっくり進むアルレッキーノを、獣による襲撃から尻を庇いつつ、二人の監督官が蟹歩きで追いかける。ペドロリーノは獣らを巧みに誘導し、尻を執拗に狙うように仕向けている。

杖を鞭に見立てて振り、ペドロリーノは言った。

「あの尻こそ、おまえたちへのご馳走さ！　おう、おう、生肉を前に涎を垂らしているね？　道化を抱えるほどに寛大なお二人だからねえ、ちょっと肉を齧ってみても怒りはしないだろうよ。よしよし良い子だ。そうら隙を見せたぞ！　そこだ、廻り込むんだ！　分かるだろう？　お二人はわざと隙を見せてくださったんだ！　噛みつかなくっちゃ失礼ってもんだ」

尻に執着する獣を殴り倒そうと、AもBも時おりアルミの棒を振るのだが、ペドロリーノが雲の杖で凌いでしまう。いつしか剣劇が始まっていた。アルレッキーノも林檎をポケットに仕舞い、星の杖を振り上げて参加した。

「旦那様が相手とは言え、一撃脳天にお見舞いしますぞ」

そう言って斬りかかると、監督官Aは身を躱して言った。

「いや何のこれしき。これでどうだ！」

アルレッキーノも監督官Aの突きを防ぎ、再び構えて言った。

「まだですぜ、旦那。それじゃ私の心臓には届きません。さあ、それっ！」

鋭い突きが命中し、監督官Aは脇腹を押さえて蹲った。アルレッキーノは止めを刺さず、ひらりと飛《と》び退《しさ》り、その場を離れると、ペドロリーノに加勢して、監督官Bを追い詰めることにした。

二人の道化の杖を避けながら、監督官Bは呻いた。

「ううむ、二対一ではどうにもならん。悔しいがこの場は逃げるしかない」

逃げだしたBをピリラとピレロが追う。機械工は拍手と指笛を送ってくれた。賞賛に応えるため、ペドロリーノはタップダンスを、アルレッキーノはジャグリングを、各々幾度も失敗しながら披露した。

広場では練習していたものの、作業場でちゃんばらを見せるのは初めてだった。しかし大成功と言える盛況ぶりである。蝶を作るのをやめ、持ち場を離れ、野次を飛ばしに来る機械工までいた。机を離れていなくとも、見渡す限り、観劇している機械工たちは誰も彼も作業を中断し、蝶には眼もくれず芝居に夢中になっていた。

当然ながら劇の盛況は、AでもBでもない本物の監督官を呼び寄せる。作業机の間を通り、五人の監督官が押し掛けてきた。立ち見の客は、殴られる前に持ち場に戻ろうとしたが、もたついて逃げ遅れ、鉄の棒の一撃を貰う者も見られた。

蹲っていたAが立ち、監督官たちに歩み寄り、同僚として言った。

「手伝ってくれるのはありがたいが、ここは俺の殴り場だ。この辺の機械工を殴るのは任せてくれないか？」

監督官の一人が怒声を上げる。

「おまえは機械工だろう！　その服は何だ？　折角の作業服を、一体どういうつもりだ？　覚悟はあるんだな？」

残りの四人も棒を構え、殴りかかろうとしている。そこにBがピリラとピレロに追われつつ戻ってきた。

Bも馴れ馴れしく、旧知の友人に話しかける如く言った。

「落ち着けったら！　その若造の言う通りだよ。ここは俺とこいつで見張ってるから、皆は向こうの巡廻を頼む。それより、なあ、このけだものをどうにかしてくれないか。こいつらどこから入ってきたんだ？」

Bの台詞を合図に、すかさずピリラとピレロが咆哮する。

「キャキャキャ、ギャギャギャ！」

「キャーン、キャーン！」

黒い衣装を纏うばかりか、顔も手も黒く塗ってある姿を見て、五人の監督官はたじろいだ。ピリラとピレロは眼を爛々と光らせ、歯を剝き出しにして、AとBに飛びかかる。二人と二頭は床を転げ廻る。今度は尻だけでなく、喉まで狙ってくる獣らを、AとBは何とか遠ざけようとする。本物の監督官たちは床を見下ろし、殴る隙を窺っているが、組《く》んず解《ほぐ》れつの格闘に割り込めずにいた。

杖の先で床を示しながら、アルレッキーノは言った。

「何をしてるんです、皆さん？　早く助けに入らないと、お仲間の喉、すぐにも食い千切られてしまいますよ？　よし、ほら、これを使ってください。奴らの好物、美味しい林檎でございます。これを放ってご覧なさい。むしゃぶりつきますから、その隙に二人の命を助けてやんなさい」

図体が大きく、気性の荒そうな監督官が、狭い額に皺を寄せて言った。

「アルレッキーノ、また仲間を増やしやがったのか？　戯《たわ》け者《もの》はおまえ一人で充分だと言ってるだろ。本当ならペドロリーノも叩きのめしたくて仕方がないのに、この連中はどういうことだ。おまえも含め、全員を順繰りに殴り殺していこうか？」

アルレッキーノは片足立ちになり、緑の杖を枝に見立て、まるで一本の木であるかのような姿勢を作って言った。

「旦那、そんなに物騒なことは滅多に言うものじゃありません。あんたの子供が道化に生まれたらどうするつもりだね？　生まれついての道化者にね。その時にもあんたはこの調子で喋るのかね？　躊躇せずに息子を殴り殺すのかね？　わざわざ拵えておいて、どうもご苦労様としか言えないね！　まあ、そんなことはいいや。そんなことはどうでもいいのです。また仲間を増やしたのか、なんて言うけどね、ちゃんとこいつらをよく見てやってくださいよ。黒い犬っころはともかく、残りの二人はどう見ても旦那の仲間でしょうが？　緑色の服と血腥《ちなまぐさ》い棒が眼に入らんのですかい？　ほら、お仲間を助けるため、美味しい美味しい林檎をどうぞ！」

アルレッキーノは五人の監督官に近づき、干涸びた林檎を握らせようとしたが、誰も受け取らなかった。

星空の広がる顔を輝かせ、ペドロリーノが言った。

「それならばおいらがやりますとも！　任せてください。見事に林檎で注意を逸らし、二人とも上手いこと救出してみせますから。真っ赤な林檎で！　どうか声援を送ってください。馬車馬みたく働く機械工も、旦那様方、高貴な監督官の皆様も、声を嗄らして叫んで、おいらを励ましてくだせえ。恐ろしい猛獣に近づくのですから、ありったけの勇気を奮い起こさなくっちゃ」

アルレッキーノから林檎を受け取ると、ペドロリーノは二つとも杖で串刺しにした。ぶらぶら揺らしながら林檎を見せ、AおよびBと格闘している獣らに言った。

「大好物の林檎だよ。肉よりも美味いに違いない。おいで、おいで、こっちにおいで。ちゃんと二つ用意してあるからね」

「キャア、キャ、キャン！」

「キャウン、キャ、キャ！」

林檎を見た途端、ピリラとピレロは狂喜して、二足歩行となり、AとBには見向きもせずにペドロリーノを追い始めた。ペドロリーノ、ピリラ、ピレロが遠くに離れると、アルレッキーノはAとBに手を貸し、アルファベット順に助け起こして言った。

「若旦那に大旦那、二人とも大丈夫でしたか？　がぶりと嚙まれなかったかね？　今度ばかりはペドロリーノに感謝するんですね。あいつが林檎で釣っていなかったら、今頃どちらも尻を半分ほど失っていた筈さ！　四分の三かな？　いいえ、冗談なんかであるもんですか！　あの獣たち、一番の大好物は水気を失った林檎だが、その次に好きな食べ物は、何てこったい、人間の尻の肉ときてやがる！　特に偉ぶった奴の傲慢そうな尻は格別で、涎がだらだら止まらなくなるらしい」

監督官Bは疲れた様子を演じ、アルミの角棒に身を凭せながら言った。

「ピエロ野郎！　偉ぶっているのではなく、俺たちは本当に偉いのだぞ！　だがまあ、その通りでもあるな。今回ばかりは感謝せねばなるまい。俺たちのお尻を守ってくれてありがとうよ、道化さん！」

監督官Aも尻をさすり、それが失われていないのを確かめ、感謝を口にする。

「道化でも役に立つことがあるのだな。ありがてえ。俺の高貴な尻が半分にならなくてよかった。まして四分の一になっていたら、どうなっていたことやら。アルレッキーノよ、俺は監督官を代表して、おまえとペドロリーノを表彰しよう。賞状も用意するし、トロフィーだって機械工たちに作らせる」

天井めがけて杖を放り投げ、アルレッキーノは叫んだ。

「天から降るかのような、神聖にしてありがたきお言葉、道化冥利に尽きるというものです！　もっともっと、意味のない空っぽの言葉をください！　おんなじ無意味でも、棒で殴られるのに比べればよっぽど素晴らしい！」

5　天空座が完成し、道化が退場する

驚くべきことに、天野たちは初公演で及第点を取り、アルレッキーノとペドロリーノのみならず、他の四人も蝶作りを免除された。昼は作業場、夜は三角形の広場で、芝居に勤しみさえすれば、蝶を作らずとも給料を貰えるようになった。

次に取り組んだ課題は自分たちの劇場を構築することだった。真夜中、部屋で小さな鉄の机を拵え、一台ずつ広場まで運び、六人で並べていった。机は鉄板に四本の角棒を接合しただけであり、抽斗もなく寸法はまちまちであるが、作業場の机に少しでも似ていればよかった。時間を費やし、机の点在する作業場を模した空間を、広場中央、時計台の周辺に作り上げると、そこを野外劇場「天空座」と命名した。

天空座という名は、二人の道化の顔に広がる空に因み、天野が考えたものであるが、誰にとっても平等に開かれている、という意味も含まれており、この劇場では機械工も芝居に参加できる

ようになっていた。昼には殴られ、痩せ細った躰に傷を増やしていくばかりの機械工たちも、夜には機械工でなく、機械工を演じる俳優となり、監督官A、監督官Bを、道化と一致協力して弄ぶのである。

小道具を拵えたりするため、天野が部屋にいる時でも、天空座では芝居が行われていることがあった。アルレッキーノが不在であっても、ペドロリーノらが率先して機械工を巻き込み、広場にいる皆で即興劇を上演してくれていた。

そうした時、天野は部屋で考える。かつて道連れにしたジャーナとシャーンへの罪滅ぼしは済んだのではあるまいか。二人に限らず小川道夫、中川陽介、古谷歩も道化芝居に参加させ、暴力から救い出すことができた。さらには、飛び入り自由の野外劇場、天空座を完成させたことによって、今では他の機械工も俳優へと生まれ変わりつつある。状況は好転したのかも知れない。だが、達成感に満たされるかと思いきや、天野は倦み疲れだしていた。

少し前までアルレッキーノは天野の一部を成していたが、今では道化になっていても無理をしている如く感じられてならない。充分に気合を入れて芝居に臨んでいるのに、なかなかアルレッキーノが顔を出さなくなっていた。突然に舌が廻らなくなり、全身が鉛のように重くなる瞬間もあった。六人での旗揚げ公演と、それに続く天空座の完成が原因であるらしい。

ある夜、天空座から部屋に戻るなり、天野はベッドに倒れ込み、堂々巡りする内省に耽り始めた。彼は思案する。自分は果たすべき役目を果たし、演じるべき役割を演じ切り、用済みになってしまったのかも知れない。そう思うとますます躰から力が抜けていく。

自分でも驚く位に急激な変化だった。すべてが順調だったというのに、気がつけば、アルレッキーノと会うのが難しくなっている。芝居に行く前、顔にスプレーを噴射するのも億劫になり、青い空はすっかり剝がれかけており、額や頰に浮かんでいた白い雲など一つも残っていない。

顔を青く塗り直し、それに留まらず、裸になり全身を青く塗り、あちらこちらに雲を漂わせておけば、以前のようにアルレッキーノに会えるのではないか。奇矯な考えではあるが、今はこの夢に縋るしかない。ベッドから下り、天野は机に転がるスプレー缶を取りに行った。

果たしてアルレッキーノはどこに行ったのか。この部屋には天野正一しかいないのか。こんなことを考えている私、こんなことしか考えられない私とは誰なのか。取り留めのない思考に溺れ、天野は鏡の前に立った。天野正一の顔を青色で塗り潰し、見えなくすれば、その瞬間、アルレッキーノが出現するに違いない。推論が妥当であるのか自信が持てないが、自らに言い聞かせ、何が何でも信じようとする。

しかし、アルレッキーノを呼び出すべくスプレーを構え、ノズルの先端を自分の顔に向けた瞬間、扉を叩く音がした。

劇団員が打ち合わせをしに来たのだろうか。それとも監督官が我慢の限界に達して、自分を三度目の蛹に入れるために来たのだろうか。広場の真ん中、天空座の辺りで首を落とされる可能性だって考えられる。

天野は意外なことに、俳優仲間ではなく監督官の来訪を望んでいた。監督官なら振り出しに戻してくれるかも知れない。あるいは終わらせてくれるかも知れない。天空座が完成して、何かが変わってしまった。もはや夜を徹《とお》して芝居の打ち合わせをする気にはなれなかった。

スプレー缶を洗面台のコップの傍に置き、処刑すらも期待しながら扉を開くと、揚羽の繋ぎを着た、面識のない機械工が立っていた。劇団員か監督官の来訪だと決めつけていたが、そうではなかった。

眼鏡をかけた短髪の機械工は言った。

「こんばんは、初めまして。天野正一さんですよね？　夜分遅くにすみません。お話ししたいことがあって参りました」

右手で扉を開いたまま、天野は言った。

「ええと、どちら様ですか」

「申し遅れました。私、野村と申します」

「まあ、どうぞ入ってください」

玄関で安全靴を脱ぎ、野村が室内に入ってきた。金色に塗られ、銀ラメのついた天野の靴とは異なり、野村の靴は新品のように綺麗だった。男の挙動を注視しながら天野は尋ねた。

「なぜ私の部屋に？　ここは道化の楽屋ですよ」

野村は天野の眼を見て言った。

「お迎えに参りました。天野さん、あなたは選ばれたのです」

この男は寝惚けているに違いない。天野は言った。

「選ばれた？　分かりませんね」

「そうでしょうね。ですがこれは本当に素晴らしいことなのです。喜んでいただけると確信しております」

「そういうことですか。何となく予想がつきました。監督官に命令されたのでしょう？　アルレッキーノを連れて来いと。しばらく自由にやらせておいて、最後にはきっちりと落とし前をつける訳だ。私を罠にかけるため、夜になるのを待って、わざわざ訪ねてきたのですね」

野村は笑った。

「いやいや、そうじゃありませんよ。早とちりしてもらっては困ります。むしろ、その反対です。天野さんのお芝居はとても高く評価されたのです。それに、あなたを呼んでいるのは監督官ではありません」

「すみませんが率直に言ってもらえませんか。迎えに来たと言われても、何が何だか。私は誰に呼ばれているのですか？」

眼鏡の位置を直してから野村は言った。

「とにかくこれから一号棟の一〇三号室に来てください。二人で一緒に入ると、誰かが見て怪しいと思うかも知れません。私は先に行ってお待ちしております。詳しいことは向こうで説明させてください」

一号棟の一〇三号室は、野村の胸の部屋番号と一致している。作業服をよく見ると、こちらも安全靴と同じく新品のようだった。

天野は言った。

「野村さん、あなた機械工ではありませんね？　服も靴もぴかぴかだ」

焦った様子もなく、こくりと頷き、野村は言った。

「ええ、私は機械工ではありません。この恰好は変装です。天野さん、どうかお一人で誰にも言わずに来てください。一号棟の一〇三号室ですよ。一の一〇三。間違えないでくださいね。一足先に行き、紅茶でも淹れて待っていますから」

「ひどい目に遭わせられますか？」

野村は微笑み、首を横に振った。

「あり得ません」

お辞儀をすると、野村は真新しい靴を履き、部屋から出ていった。


パジャマには着替えず、揚羽の作業服を着たまま、緑の杖を携えて外に出る。頭には枕カバーの帽子も載せてある。天野正一を招いているようだったが、アルレッキーノの装いで出向くことに決めた。

三号棟から一号棟まで、足早に広場を突っ切っていく。芝居も終わり、夜更けの広場に人影はない。植え込みにある模造の植物や、誰も坐っていないブランコなどが、街灯に照らされ、いっそう物寂しく映る時間帯だった。

天野は時計台を目指して歩く。終演後の天空座が見たかった。時計台が近づいてくると、鉄の机が現れ始める。上の作業場に似せて自ら作った空間に、足を踏み入れていた。監督官が機械工を責め苛むのではなく、機械工が道化とともに監督官を愚弄する劇場、天空座である。

機械工のなかには終演後にもしばらく屯《たむろ》する者がいるため、並べ直しておいた筈が、幾つか倒れてしまっている机もあった。机を元に戻したり、落ちている吸い殻を蹴飛ばしたりしつつ、天野は考える。

自分は何かをやり遂げたに違いない。だがやり遂げたことで、アルレッキーノが姿を晦ましてしまった。今の自分は道化の恰好をしているが、街灯の光が生むような、アルレッキーノの影法師であるに過ぎない。そんな自分をどんな意図があって呼んだのか。機械工に扮装している野村は何者なのか。

机を起こし、吸い殻を蹴散らし、天野は再び一号棟に向かって歩き始めた。背後や横に現れる地面の影を見ると、本当に自分が単なる道化の影法師になってしまったように思えてならない。

道化に扮している私は誰なのか。ここはどこなのか。考えたところで詮ない問いが、影法師でしかない自分のそのまた影法師となってついてくる。杖を握る掌が汗で冷たくなっている。天空座から一刻も早く離れて、野村の待つ一号棟の一〇三号室に逃げ込みたかった。

広場を横切って柵を跨ぐと、天野は一号棟に誘き寄せられていった。不意の呼び出しだったにも拘わらず、自然と足を運んでしまった。一〇三号室の前に立ち、扉を叩いて言った。

「天野です」

道化のアルレッキーノでございます、とは言えなかった。上下ともスーツに着替えた野村が扉を開き、迎え入れてくれた。ネクタイまで結んでいる。やはり機械工ではないらしい。

「ようこそ。靴は脱がなくて結構です」

見れば野村も靴を履いているが、先程の安全靴ではなかった。スーツに合わせて黒い革靴を履いているのであった。玄関に杖を立てかけると、天野は戸惑いながらも土足で部屋に入った。自分の部屋と同じ間取りだった。しかし奇妙である。人の暮らしている感じがまるでせず、ベッドはどこにも置かれていない。

「説明してくれませんか？」

野村は問いかけには答えず、奥の部屋に行くと、机の上からドーナツの盛られた皿を持ってきた。

「どうぞ召し上がってください」

猛烈に空腹を感じた。天野は、最も大きな、チョコレートの塗られたドーナツを手に取って、三口ほどで平らげた。林檎、乾パン、米、馬鈴薯を順々に味わうばかりだった舌は、久しぶりの甘みに驚いていた。続いてシナモンのまぶされたドーナツを取る。

野村は両手で皿を持って、満足そうに、天野の食べる様子を眺めていた。天野も野村と眼を合わせ、感謝の気持ちを示しつつドーナツを食べた。これだけでも部屋を訪れた甲斐はあった。三つ目のドーナツを選んでいる時には、呼び出されたことも忘れかけていた。

天野がもう一つ、チョコレートのドーナツを頬張り始めると、野村は台所に皿を置き、紅茶を注いでくれた。カップを受け取り、紅茶を啜り、天野は言った。

「ありがとうございます。ドーナツも紅茶も美味しくて信じられないです」

野村は、あなたを喜ばせる手ならまだありますとでも言いたげな、含みのある笑みを浮かべた。

「天野さん、腹拵えは済みましたか？　散々勿体振ってごめんなさい。では、今からお見せいたします」

奥の部屋に行った野村は手招きして天野を呼んだ。秘密を明かそうとしていることは伝わってくるが、その秘密が何であるかは見当もつかない。

机のある奥の部屋に進むと、立ち止まるよう合図された。野村はその場でしゃがみ、長方形の大きな敷物を、埃が舞うほど勢いよく持ち上げた。

「なるほど」

天野は頷いていた。格子模様の敷物の下に隠されていたそれが、床の下に行くためのハッチであるのは一目瞭然だった。野村が把手を握って蓋を開くと、地中に伸びていく階段が姿を見せた。

野村は言った。

「心から歓迎します。是非とも街までついてきてください」

猜疑心も失望も隠さずに、天野は言った。

「何かと思えば、街ですか」

「天野さんは住人として認められました。あなたのお芝居の評判は、私どもの暮らしている街まで届いたのです。道化師を演じ、身を挺してお仲間を守っていたあなたこそ、街に欠かすことのできない人物、人材なのです。街はあなたを必要としています」

「とんでもない嘘ですね」

「嘘ではありません。私についてきてください」

言うなり階段を下り始めて、野村の背中は暗がりに呑まれていった。杖を取ってから天野も下り始める。莫迦莫迦しい事態が起こりそうだったが、ドーナッツと紅茶によって判断力は鈍らされていた。甘い物があるなら飽きるまで食べてみたかった。

下方に仄かな灯りが見えているが、地下への道は狭くて暗い。階段の手摺りを摑み、杖を突き、野村と声をかけ合いながら、慎重に下りていかねばならない。

爪先と踵に貼りつけたタップダンスのための鉄板が、かつんかつんと鳴るのが愉快であった。靴音を響かせ、杖の星をしゃらしゃら鳴らしていると、確かに、間違いなく、私はアルレッキーノだったのだ、などと感慨深くも思えてきた。

Ⅲ

1　蝶の生き死に

天野は蝶を拾い、それが生きているのか死んでいるのか判定する。生きていれば生きている個体として記録を取り、死んでいれば頭陀袋に仕舞い、持ち帰った後でスクラップとして処分を依頼する。

誰にも殴られず、一人で黙々と取り組める仕事だった。自分を殴ろうとする者が存在しない以上、道化のアルレッキーノも御役御免になった。緑の杖を振り、星を鳴らし、戯言を喚きながら踊ってみせる必要はなく、天野正一は天野正一でしかなく、道化芝居の思い出も遠く、静かに蝶を拾う毎日が続いていた。

だが困ったことに、拾い上げる蝶はすべて死んでいる。というより、未だかつて生きていたことがないのだから、死んでさえいない。蝶は真の蝶でなく偽の蝶に過ぎず、ゆえに生も死もなく、本来なら判定は不可能である。

機械工たちの作った蝶を、独断で生きているか死んでいるか決めること、それが天野の新しい仕事だった。判定のための基準はない。手引き書がある訳でもない。天野は歩き廻り、自らの眼で蝶を観察し、時にルーペも使い、生死を見極める。あまりにも錆が目立てば死んでいる。部品が欠落していれば死んでいる。どう見ても蝶に見えない代物であれば、やはり死んでいる。彼なりに基準を設け、真摯に取り組んでいた。

今日も人造湖の周辺、模造の草原を歩き、天野は蝶を探している。蝶を探しているというのに、空を見遣ることはない。地下工場および団地のさらに下層に位置するこの街には、これまでと同様、青空など広がってはいないし、仮に広がっていたとして、金属の蝶に舞い上がる力はない。

紫色に塗られた蝶が足元に落ちていた。天野は屈み、拾い上げる。またも架空の蝶である。図鑑を開くまでもない。個体数の調査もしているが、名を記録するに値する蝶、実在する蝶の複製に遭遇するのは稀だった。以前に自分が作っていたような蝶、この世には実在しない架空の蝶ばかり落ちている。生態系も何もあったものではない。

翅を青紫に塗られた、蛾のようにも見える太った蝶を見つめ、天野は思案する。この蝶は生きているのか。もしくは死んでいるのか。生きてなどいない。しかし、おそらくは工場から送られてきて間もない個体である。傷も錆もなく部品は全部揃っている。細工も見られ、六本の脚は少しなら動かせるようになっている。腕利きの工員が作ったに違いない。したがって、この蝶は生きている。

ノートを開き、架空の蝶の発見数を増やし、それから次を探しに行く。辺りには数種、模造の草が生い茂っている。植物を作っている工場もあるらしい。幾つかの工場が地中にあり、それらの工場が、さらに地中深くに築かれたこの街に、金属の蝶や草花を供給している。街に来た日、天野はそのように説明された。

つまり天野ら機械工は、地下の地下にある街に送るために、せっせと蝶を拵えていたのだった。工場の存在する理由が明かされ、辻褄が合い、謎が解消した瞬間、天野は拍子抜けしてしまった。何のことはない。すべては無意味であり、無意味の心臓部、この街を彩るため、無意味を飾りつけるため、傷だらけになってまで蝶を作り続けていたのである。

現在、天野は、無意味が翅を生やしたかの如き蝶を拾い、生きている無意味なのか、死んでいる無意味なのか、判定する仕事をして暮らしている。言わば無意味の点検作業に身を捧げているのだった。

だが、死んだ蝶の入った袋を背負い、街の中心にある人造湖の畔を歩きながら、彼は無意味に感謝し、安堵していた。顔を青く塗らなくとも、芸を披露せずとも、誰からも殴られない、夢にまで見た生活が実現されていた。

住宅団地の一室に籠もり、天野は調査書をまとめていた。機械工の頃と変わらず団地に暮らしているが、かつての工員向けの団地より外観は綺麗だった。二階の部屋で机に向かい、紙の上にペンを走らせている。生きている蝶と死んでいる蝶、それぞれの個体数、種、分布などを記し、報告をまとめ、この仕事を委託してきた役所の環境保全課に提出しなければならない。

アルレッキーノの杖は壁に立てかけてあるし、揚羽蝶の服もハンガーに吊るしてある。しかしこの街を訪れて以来、道化は跡形もなく消えてしまっていた。緑色の杖はボールペンに替わり、調査書の表面を走るばかりであり、星々のぶつかり合う音が鳴ったりはしない。蝶の調査に行く時にも、ネクタイこそ結んではいないが、天野は道化服でなくスーツを着て出かけていた。

ノートの数字を参照しながら種類ごとの数を表にまとめていく。だが過半数を占めているのは、世界に一頭しかいない分類不可能な架空の蝶である。この仕事に何の意味があるのかと考えない訳にはいかない。

誰の役に立つ調査なのか。金属製の蝶を拾い、生きているか死んでいるか決め、個体数を記録する。記録した数を調査書に整理して提出する。そして役所から報酬を貰う。蝶を作っていた頃より、道化を演じていた頃より、生活にはゆとりがある。暴力はなく安らぎに満ちている。また機械工の居住空間とは違い、街には金銭を使う場所がある。レストランがあり、居酒屋があり、小規模ながら百貨店も立っている。

しかし生きている実感がない。幻を追いかけているような気分になる。水の供給源である人造湖を中心に作られた地下の街、人間以外の生命はすべて模造品でしかない街、昼夜問わず薄暗い街を、彷徨い歩き、蝶を拾う日々に、何かしら意味はあるのか。

無意味に感謝しつつも、私は執念深く意味を探し求めているのだろうか。だが、と、天野は考える。そもそも私は誰なのか。誰であったのか。アルレッキーノを失って天野正一のみ残ったのではなく、アルレッキーノがいなくなり、道化と不可分の存在だった天野正一もいなくなったのではないか。莫迦げているとは言え、この問いだけは消えてくれそうにない。

蝶の分布図を作成するため、机に街の地図を広げた。六角形をした街の中央には円形の湖がある。中心で交差する三本の対角線によって、六角形の街は六つの三角形に分割されており、三角形の一枚一枚が一つの区になっている。天野の暮らしている団地は、真北に位置する一区の右隣、二区にある。以下右廻りに区の番号は進み、六区が一区の左隣に来る。

地図を読み、現在地を確認しても、自分が誰かは知り得ない。この団地のある位置は分かる。ではそこで地図を眺めている、この私は誰なのか。繰り返し同じことを考え、自分を疑うのにも疲れ果て、仕事を投げ出したくなってきた。

投げ出す訳にはいかない。この仕事を辞めるなら、再び階段とエレベーターを使い、一号棟の一〇三号室まで上昇し、作業場で命を懸けて道化芝居をしなくてはならない。すでにアルレッキーノはおらず、何とか演じられたとしても、一度は廃業した道化師を監督官が歓迎する筈がない。ひょっとすると上の世界では、小川道夫がペドロリーノでなくアルレッキーノを演じているかも知れない。そうであるなら自分はアルレッキーノを完全に失ったことになる。もはや蝶の生き死にを記録する以外に生きる術はない。この仕事に没頭できなければ、今度こそ死が待っている。

街全体の地図の上に、三区の拡大図を重ねて広げた。ノートと照合して、蝶の多く見つかった所に、丸い赤色のシールを貼っていく。無意味の分布図と、無意味に関する調査書を一段落させ、早く酒でも飲みに行きたかった。蝶を拾い、記録を取り、報酬で酒を飲む。それで充分ではないか。

生活をとことんまで単純化し、その結果、何も考えず生きられるようになればいい。私は誰なのかという問い、今はいつなのかという問い、ここはどこなのかという問い、天野はすべての問いを消してしまいたかった。

役所の階段を上って四階にある会議室に入った。今日は中間報告の日だった。天野は椅子に坐り、草稿段階にある調査書を机に広げ、担当者である野村と丸尾を待つ。蛍光灯の光が照らす清掃の行き届いた会議室で、これから打ち合わせが始まるのだが、この尤もらしさこそ何とも不可思議である。

役所勤めの男にしては長い髪を整髪料で撫でつけた丸尾が、部屋に入ってきて天野の向かいに坐った。天野を街に連れてきた野村も入室して、丸尾の隣、天野の左斜め前に掛けた。

鞄から蝶の分布図を出し、調査書の横に広げると、天野は言った。

「早速報告します。三区の調査を始めたのですが、現時点ではこの通りです。やはり湖の近くに多種の蝶が生息していますね。数も市街地より遥かに多い」

人造湖の周辺に蝶が沢山いるのは当然である。蝶の半分以上が湖の付近に放されると説明してくれたのも野村と丸尾の二人だった。どこに蝶がいるのか知りながら、それを改めて調査させるのはなぜなのか。

地図を自分の方に引き寄せ、野村が言った。

「我々が実施した前回の調査時と、それほど大きな変化はないようですね。丸尾さんはどう考えますか」

前髪を押さえ、前屈みになって地図を読み、丸尾が言った。

「確かに変わっていませんね。大まかに言えば、街の中心から遠ざかるほど、個体数も種類も減少する傾向にある」

尤もらしさに耐えられず、天野は言った。

「でも、そもそも、そうなるように配置しているのですよね？」

野村は丸尾に目配せし、咳払いをしてから言った。

「天野さん、いいですか？　上の工場から届く蝶はどれも生きているのです。そういう言い方をされると、我々としては良い気分ではありません。配置ではなく放蝶と言っていただきたい」

幾らかの皮肉を込めて天野は言った。

「そうでしたね。生きているのかも知れません。機械工は誰も彼も、命を落としそうになりながら作っていますから。血を流して作った蝶には命が宿る。そう考えてみれば、すんなり納得できます。失礼いたしました」

皮肉には気づいていないのか、天野の言葉に頷き、丸尾が言った。

「蝶も植物も、彼らが一生懸命作ってくれているからこそ、地下にあるというのに街はこれだけの豊かさを得られているのです。工場で働く人々には、もっと感謝しなければなりませんね」

調査書を手に取り頁を捲りつつ、野村が言った。

「太陽がありませんから、閉塞感を和らげるには蝶が不可欠です。湖をオアシスとして輝かせ、それでやっと、我々は人間らしい生活を営めるようになるのです」

自分の言葉も二人の役人の言葉も芝居の台詞じみて響いていた。こんなことのために蝶を作り、殴られていると知ったら、かつての自分は何と言うだろうか。人間らしさを演出するために、人間らしからぬ扱いを受けている人々がいるとは、本末転倒である。意味が尻餅をつき、無意味が起き上がり、気づけば道化芝居が始まっている。

もしかしたらこの会議室も天空座の一部なのではないか。私は天空座で上演中の芝居のなかにいるのではないか。台本のない劇を上演しているのだとしたら、ペドロリーノたちはどこにいるのか。二頭の黒い獣、ピリラとピレロが突入し、叫びを上げる瞬間はいつなのか。

野村が興奮気味に言った。

「ほうほう、墓地の傍にヤマキチョウがいましたか。珍しい。この蝶が発見されたのは初めてです。さすがですね、天野さん」

珍しい蝶を望むのであれば、工場に発注すればいいではないか。仕事を褒められても手応えはなく、ただ徒労感を覚えるばかりだった。

調査書に眼を通しながら丸尾も言った。

「でもこっちは変だ。川辺にオオゴマダラの死骸が十以上もあるなんて」

そう記述したが、勿論死骸などではない。何本か脚を欠いた個体が、人造湖を水源とする川の畔に、十頭ほど重なり合って落ちていただけである。

調査書と分布図を食い入るように見る野村と丸尾の姿を眺めていると、天野は徐々に息苦しさを感じるようになった。終演時刻は決まっているのか。永久にこの芝居にこの役割で閉じ込められているのだとしたら、天野正一役を演じているこの私、天野正一はどうなってしまうのか。


打ち合わせが終わり、調査書の入った鞄を肩から下げ、天野は自転車を漕いでいた。街は小さくまとまっており、四区にある役所から二区にある団地まで、自転車であれば十分位で帰れる。区ごとに区役所が設けられているのではなく、四区の役所が街全体の行政を司っている。

何の変哲もない街をすいすい進んでいく。アスファルトで舗装された道路を役所から支給された銀色の自転車で走っている。所々に信号機や道路標識がある。自動販売機が視界に入ると、自転車を停めてジュースを買いたくなる。

あたかも地上に出たかのようである。一定の間隔を空けて電信柱が立っていて、路面を見れば橙色の数字、速度制限が表示されている。並ぶ二階建ての家屋も、なだらかな坂の起伏も、何から何まで故郷の街並みを思わせる。

契約期間を終え、地下工場から地上に帰ってきた、と考えられないこともない。だが故郷に似てはいても、青空がないことは致命的であった。見上げると、投光器のついた天井が否応なく眼に入る。それに、搬入できないからであろう、標識はあれど自動車は見当たらず、自転車ばかり走っているのも奇妙だった。

　街を形成するために必要なものは大方揃っているにも拘わらず、青空の不在と細部の綻びが、却って出来損ないの街であるという印象を強めている。天井にある照明設備も明るく照らそうと努力はしているが、辺りは暗く、真昼だというのに蝙蝠《こうもり》が飛び交っていそうな雰囲気である。

　三区を流れている川、景観のためだけに造られている模造の川が見えてきた。鉄橋を渡ればすぐに二区である。この川の土手に蝶の死骸が落ちていた。しかし、それがどうしたと言うのか。野村も丸尾も、街を築こうと考えた連中も、殴りつけてまで機械工に蝶を作らせている監督官も、誰も彼も道を踏み違えている。

　ペダルを交互に踏み、天野は考える。自分は天野でなく野村だったかも知れず、野村でなく丸尾だったかも知れない。あるいは機械工でなく監督官として雇われ、何の疑問も抱かずに小川道夫、小島昌昭、高野和弘、中川陽介、古谷歩らの背中を殴り、生活費を稼いでいた可能性すらある。

　なぜ私は天野正一なのか。本当に私は天野正一なのか。天野はギアを変え、漕ぎ足を重くすると、右ペダルを踏む時には野村と呟き、左ペダルを踏む時には丸尾と呟くようにしてみた。橋を渡りながら、野村、丸尾、野村、丸尾、と、ペダルを踏む度、二人の名字を交互に口にしていると、ある考えが浮かび、笑ってしまった。感心して唸らずにはいられなかった。そういうことだったのかと、天野は独り合点した。

　初めに天野の姓から真野を作り、真野を引っ繰り返して野間を作ったのだろう。それから真野、真野、真野と呟いて丸尾を生み、野間、野間、野間と呟いて野村を生み出したに違いない。

芋虫からキャタピラーを、キャタピラーからピリラとピレロを生み出した、私の発想と似ているではないか。誰かが丸尾と野村への命名を行ったのだ。しかし誰が名づけたのか。私の名字天野を、命名のための起点に選んだのはなぜか。

どうやらまだ道化芝居は続いており、自分は天空座の舞台に立っているらしい。この世界は正三角形の広場、天空座に収まっているのかも知れない。街に招待され、地中深く潜ろうとも、道化は舞台から降りられない。アルレッキーノのみならず、天野正一もまた舞台上の道化に過ぎないのだ。

初めは自嘲的に笑っていたものの、野村と丸尾について考えると、次第に気分が悪くなってきた。仮にそんなものがあるとして、彼らの本当の名は何なのか。橋を渡り切るより早く、天野はペダルを漕げなくなってしまった。自転車から降りるや否や、吐き気に襲われた。これ以上は一歩も進めない。だが、この場で嘔吐するのも嫌だった。ふらふら歩き、どうにか欄干に凭れかかる。

見下ろし、コンクリートで固められた川に嘔吐しようとする。しかし何も吐けなかった。血痰でも出るのではと思える位、激しく咳込みはするのに、嘔吐物は喉の奥から出てこない。咳をすればするほど胸が苦しくなり、いっそ身投げでもしようかと考える。視界に無数の光が走り、両手で握っている手摺りにも涎の落ちていく真下の水面にも、丸切り焦点が合わなくなっていた。涙が溢れているのだった。

欄干に背中を預け、振り返ると、涙で歪められて曖昧になってはいるが、人々の姿が見えた。通行人が幾人か立ち止まり、こちらを眺めていた。尚も続く吐き気を堪えて、天野は笑顔で会釈した。心配ご無用とばかりに笑いながらも、全員が劇の観客に見えてならず、束の間、彼は俳優として蘇ったかの如く感じていた。

2　アルレッキーノの復活

野村と丸尾の命名の秘密を知って以来、または知ったように思って以来、ますます仕事に身が入らなくなっていた。眼に映る物事はすべて嘘にしか見えず、あの役所では何の業務も行われていないのだ、とまで考えるようになっていた。

それでも天野は四区の調査に取り掛かっていた。自然のない自然公園を歩き、生も死もない蝶の生命を秤にかける。これしか道はない。機械工の日々を経験している自分でなければ、精神に異常をきたしている筈だった。殴られない分ましではあるものの、仕事の内容は蝶を作るより遥かに悪い。

調査書を適当に書いてみたところで、おそらく野村も丸尾も気づかない。毎日調査に出かけなくても、きっと何も言われない。どう言い繕おうとこの仕事は無意味の極みと言えるものであり、成果など微塵も求められてはいない。

ではなぜ自分は、と考えながら、天野は公園の前で自転車から降りた。ではどうして自分は今日もこうして公園を訪れたのか。どうして野村と丸尾に劇の終幕を願い出ないのか。これが芝居であるという確信が持てないからか。鉄棒での制裁もないのに、なぜ仕事を律儀にこなしているのか。

天野は自然公園に入っていく。役所の北西に位置するこの公園は敷地も広く、模造の植物が数多く植えられている。これらの植物も蝶と同様、どこかの工場で機械工が拵えたのかと思うと胸が痛む。当時は知る由もなかったが、三角形の広場に植わっていた樹木も、別の工場で製造されたものだったらしい。

辺りを見渡すと、ベンチで読書する男性、ベビーカーを押して歩く女性、笑って走り廻る子供など、街の住人が平凡な日常を送っている。この公園に集まっている人は何を考えているのか。何か考えているのか。機械工にあれほどの犠牲を強いてまで詰まらぬ緑化活動に精を出している街に、そうと知りながら平然と暮らしているのだとしたら、大したものである。

天野は樹木に触れてみた。遠目に見るならともかく、少しでも近づけば、とても植物とは呼び得ない代物になる。申し訳程度に質感を再現してはいるが、これでは単なる鉄材、枝分かれしている金属塊であるに過ぎない。だが、野村や丸尾が言うように、ある意味では生きている。樹皮に傷をつけたら機械工の血液が滴るかも知れない。

誰かに話しかける気にはなれなかった。街の住人は誰一人信用していない。この街に暮らしている時点で、話し相手としては失格であった。天野は老爺を見れば、まだまだ殴り足りないと思いながらも退職した、元監督官なのではないかと疑い、女性と子供を見れば、監督官の妻子と決めつけ、成人男性などは、全員を休暇中の監督官であると見做すようにしていた。油断したら最後、急に襲われ、作業場まで連れ戻されるに違いない。そうでなければ辻褄が合わない。

しかし、辻褄を合わせ過ぎるのも危険だった。暴力とは無縁の生活を手に入れたにも拘わらず、天野の心が晴れない原因は、蝶の生死判定、および個体数推定という奇妙な仕事のみではない。むしろ大きな問題となっていたのは、合ってはならぬ辻褄が合っていること、合っていて然るべき辻褄が合っていないこと、この二つであった。

人造湖を中心とする街を緑化したいがゆえに、工場から蝶と草花を取り寄せ、方々に放したり植えたりしている。模造の蝶ではあれども死にはするので、供給量をどうにか維持しようと、監督官は機械工を殴って蝶を作らせている。自分は街で暮らし、生きている蝶と死んでいる蝶を識別し、報告を行うことで生活費を得ている。これは合ってはならぬ辻褄が合っている例である。

反対に、道化の演技を評価されたというのに、芝居をするどころかスーツに運動靴で自転車に乗り、蝶を延々と調べさせられているのは、合っていて然るべき辻褄が合っていない例である。演技の評判を理由に招かれたなら、アルレッキーノの服を着せられ、サーカス小屋などで働かされる筈ではないか。

合ってはならぬ辻褄が合い、荒唐無稽な世界が矛盾なく姿を現す。そうかと思えば、合わねばならぬ辻褄が合わず、自分が何をしているのか分からなくなる。自然公園とは名ばかりの公園を歩き、眼を光らせて蝶を探しつつ、天野は、今一度アルレッキーノになれたならと夢想するのであった。

空調の効いた会議室で、茶を飲みながら打ち合わせに臨んでいた。調査書に注がれる野村と丸尾の真剣な眼差しを見ていると、睡眠時間を削ってまで作ってきてよかった、とも思えてくる。しかし、天野は二人の言葉に耳を傾けつつも、早く正体を現してくれとばかり念じている。野村と丸尾、二つの名を作り、俳優たちに演技をさせ、自分を途方に暮れさせているのは誰なのか。演出家はどこにいるのか。

スーツ姿にも居心地の悪さを感じていた。すぐにでも彩り溢れる揚羽の作業服に着替えたかった。足元も調査の際には運動靴を、打ち合わせの際には革靴を履いているが、金銀に輝く安全靴に履き替えて、踵を鳴らして踊りたくて仕方がない。踊りながら杖を振り廻し、役所中の窓硝子を割り、私はアルレッキーノでございます、と絶叫したい位だった。

「ははあ、なるほど、そうですか、そうですか。自然公園にジャノメチョウがいるとは知らなかった」

丸尾にそう言われても、天野は無関心な態度をとっていた。確かに、自然公園で拾った蝶の一つに、蛇の眼を思わせる柄が翅に描かれている個体があった。ただ、ジャノメチョウ亜科に分類されるのは明らかだったが、図鑑の写真と見比べても、それがジャノメチョウなのか、コジャノメなのか、あるいはヒメジャノメなのか、まるで判別できず、諦めてジャノメチョウと記しておくしかなかった。

しっかりと見れば、どんなにそれらしく作られていようとも、街に生息する蝶は大半が架空の蝶であり、生えている樹木も同様である。鉄の棒で殴られながら、種類を識別できるほどの写実性を維持している機械工など、極めて少数しかいない。

四区の端にある森を鉛筆の頭で叩き、野村が言った。

「次に調べてもらうのは、ここです。前回、私と丸尾で調査した時には、この森はまだ出来ていませんでした」

野村の言葉に頷き、丸尾が言った。

「植える木が揃っていませんでしたからね。植物工場の人々に頑張っていただいて、やっと完成させられたのです。本当なら森林整備課の仕事なのですが、環境保全課まで駆り出されまして。大勢で連日植林に励みました」

模造の森に入り模造の蝶を拾って記録するなど、想像するだけでも憂鬱だった。蝶に合わせ、適切に幼虫の食草が植えられている訳ではない。種類も定かでない偽の草花の植えられた場に、偽の蝶が撒かれているだけなのだ。がらくた置き場に赴いて、屑鉄を拾うのと何ら変わらないではないか。

丸尾が続けて言った。

「早速ですが、明日にでも行かれてみてはどうでしょうか。調査し甲斐のある場所だと思います。自然のなかを歩くのは気分転換になりますしね」

焙じ茶を啜り、野村が言った。

「後で地図をお渡しします。森の地図です。広い森ですから、不用意に奥まで進んだら迷ってしまうかも知れません。まあ、とは言っても、五区と六区に跨る森ほどではありませんが、用心に越したことはないかと」

「それから湖の周辺については、すみませんが再調査をお願いできますか？」

丸尾の言葉に頷き、野村も言った。

「そうですね。一区から三区までと比べると、同じ湖付近でも四区はどうも数が少ないようです。見落としがないかどうか、足を運んでみてください」

「分かりました。ええ、分かりました」

天野は上の空でいた。視線を長机や壁面に彷徨わせ、この舞台が崩れ落ちる瞬間を待っていた。画用紙で作られた壁を全身で裂きながら部屋に入ってきて、あらゆる張りぼてを杖で破壊するアルレッキーノの姿を想像し、笑いだしそうになった。アルレッキーノの顔は青色を吹きつけた自分の顔である。鏡なしでアルレッキーノと対面するなどあり得ないが、想像のなかでは二人は言葉を交わしていた。

アルレッキーノは言った。

「ねえねえ、あんたいつまでこんな所で油を売ってるつもりだい？　早く上の作業場に戻ってきなさいったら」

天野は椅子から立ち、道化に向かって言った。

「油を売っているように見えるかい？　これは仕事の打ち合わせだよ。それにね、アルレッキーノ、私はもう道化じゃない。作業場でも天空座でも芝居はできない。この街で蝶を数えて暮らすしかないんだ」

アルレッキーノは長机の上で胡座をかいて言った。

「ふん、この仕事だって本当はただのお芝居ですよ。それも、失礼だけど、全然面白くもない、出来の悪いお芝居だね！　道化はいないし、獣たちもいない。あの憎たらしい連中、監督官だっていない。緊張感がないんだから、これじゃあ笑いは生まれないよ。だらだら長いだけでね。張り詰めた緊張が緩む時、笑いが生まれるのさ。おっと、道化らしからぬお喋りでしたね。もしペドロリーノの奴に聞かれたら、こっちが新入り扱いされかねないわい」

机に坐った道化に調査書を差し出して、天野は言った。

「やっぱりこれもお芝居なのかな？」

道化は読みもせずに調査書を放り、肩を竦めて言った。

「当然ですとも旦那様。どこからどう見ても道化芝居です。むしろ、あんたはそんなに芝居から遠ざかったつもりでいたのかね？　自分一人だけ舞台を下りられたと？　そうだとしたら、本物の大莫迦者だよ。旦那様、いいや、違う。おやっさん、いや、違う。おまえさん、これも違うなあ。そうだ、そう、この私、この私こそ本物の大莫迦者さ！　だってあんたは私で、私はあんただもの」

天野は言った。

「私が君で君が私だというのは知っているよ、当然だ」

　青色の顔で悪戯っぽく笑い、アルレッキーノは言った。

「もしかして、証明が必要かな？　当然知ってると思っていても、改めてちゃんと証明しておいた方がいいのかな？　折角二人いるんだから、ペンを持ってノートに向かって知恵を出し合ってさ、やってみるのも一興じゃないかね？　二人で力を合わせれば、ここには一人しかいないと証明できるのでは？」

　首を横に振って天野は言った。

「必要ないよ。証明できっこないし、知っているんだから、それで充分さ。私は君だし君は私だ。第一、厳密な証明なんてものは、道化が最も苦手とする作業だろう？　君が得意なのは、強引な類推と果てのない詭弁だと思うけど」

　アルレッキーノは机から飛び下りた。動作は身軽で、着地の音も静かだった。野村と丸尾は姿を消している。杖の星を鳴らし、道化は言った。

「いやいや、時には証明だってするのさ。仰る通り、ペンもノートも使わない道化流の証明だけどね。さて、そうだな、今からたった一本の杖で、この会議室が劇場の一部であると証明してみせましょうか」

　期待しつつも天野は言った。

「それならさっき想像したよ。セットを叩き壊すんだね？」

「まあまあ、そう言わずに。頭に思い描くのと、実際に眼で見るのとでは、また印象が変わりますから。アルレッキーノのショウ、久方ぶりの開幕でございます！」

言うや否や、アルレッキーノは証明に取り掛かる。ホワイトボードをどけると、背後にあった壁に、ぐさりと杖を突き刺した。

案の定、壁は紙で作られていた。アルレッキーノはこちらを見返り、得意そうに笑っている。小さな穴を広げて縦に引き裂いていく。ここまではすでに想像していた光景であるが、天野を驚かせたのは壁の裂け目の向こう側、会議室の外側に広がっている世界だった。

見覚えのある時計台が見えた。鉄製の机も置かれており、天空座であると一目で分かる。裂け目を通して見える場所に、顔と衣装を黒く塗った獣、ピリラとピレロが立っていた。天野が呆気にとられていると、二頭の獣の間にペドロリーノも現れて、こちらに向かって手を振り始めた。

道化が示してくれた。会議室は役所の一室ではなかった。団地の広場、天空座に構築されたセットだったのである。天野はペドロリーノに手を振り返し、向こうに行こうと席を立ちかける。

その時、長い前髪を側頭部に撫でつけながら、丸尾が言った。

「でも、個体数もそうだが、そもそも死んでしまっている蝶が多いなあ。少し生産量を上げてもらった方がいいのだろうか」

焙じ茶の入った紙コップを置き、野村が言った。

「量は間に合っている筈さ。ここで保存してる蝶だって相当な数だから」

「もっと長く生きる蝶を作るように、工場に依頼してみようか」

「その点も含め、しばらく天野さんに調査を続けてもらおう。まだ五区と六区が残っている」

二人は調査書の検討を続けていた。天野は久々にアルレッキーノと会えたように思い、嬉しくてたまらなかった。道化が証明してみせた如く、会議室も、役所も、はたまた街全体も、天空座の内部にあるのだろうか。あるいはあの証明も、愛すべき道化の詭弁によって組み上げられた、始めから終わりまで誤謬《ごびゅう》だらけのものなのだろうか。

この会議室が一つの蛹だということはあり得るのではないか。自分も二人の役人も、アルレッキーノも、本当はただ一匹の幼虫でしかなく、蛹の内部で溶けて混ざり合い、やがて一頭の蝶になり、空高く羽搏いていくのではないか。そう考えた途端、天野には、無益な検討に耽る二人が近しい存在に感じられてきた。

「天野さん、聞いてますか？」

野村に強い口調で言われ、天野は背筋を伸ばした。それからさも関心ありげに、眼を細め、身を乗り出し、自ら作った分布図を覗き込んだ。

明くる日、天野は四区にある模造の森を訪れた。アルレッキーノも一緒だった。昨日の空想をきっかけに道化は復活したのである。二人で一台の自転車を停めると、金属の樹木の茂る森を歩きだした。

蝶を拾うため、天野は地面を見ながら歩いているが、アルレッキーノは杖で幹を叩いてみたり、不意に跳躍してみたりと、自由気ままに歩いている。

天野は道化を窘めた。

「アルレッキーノ、なあ、頼むよ。蝶を蹴っ飛ばすのだけはよしてくれ。それを拾って調べるのが仕事なんだ」

アルレッキーノは溜め息をつき、呆れ顔を作って言った。

「いつまで続けるつもりだい？　言わせてもらうけれどね、あんたとっくに限界だよ。私と散歩しているのが何よりの証拠さ。だって、本当は一人しかいない筈なんだから。旦那か私、どちらかは黙っていなくちゃ」

「いいじゃないか別に。こうして再会できた訳だしね。街には君しか話し相手がいないんだ」

「夢中で自分と話すとは、旦那様もお暇ですね。友人もいないらしい」

「何とでも言ってくれ」

久しぶりに握る杖の感触を確かめつつ、アルレッキーノは言った。

「私ら二人、どうしてこんな街に来ちまったんだっけ」

「野村が迎えに来たんだよ。その時、君はいなかった」

「それで言われるがまま、街に？」

「紅茶とドーナツで誘惑されてね」

アルレッキーノは高笑いした。

「ドーナツなんぞに釣られたんですか！　そりゃ自業自得ですよ、旦那」

赤錆だらけの大木の前で止まり、天野は呟いた。

「でもひょっとすると、この街は三度目の蛹なのかも知れない」

アルレッキーノは杖の先で樹皮を擦り、錆を剝がしながら言った。

「と言いますと？」

「つまりね、これはあくまで仮説だけど、野村は監督官なのさ。丸尾もね。道化芝居に熱中し過ぎた罰として、私は野村たち監督官によってまたしても蛹に閉じ込められた。でも、今度の蛹は街の形をしていて、全部で六区に分かれていて、とても巨大なんだ。あまりに大きいものだから、気をつけていないと、自分が閉じ込められていることすら忘れてしまうほどでね」

アルレッキーノは安全靴で木を蹴って言った。

「まったく、あんたは無理にでも辻褄を合わせるのが好きですなあ！　大したものだ。何が何でもちゃんとした芝居にしようとする。滅茶滅茶な乱痴気や道化芝居の方が楽しいのに、勿体ない。だけども、その仮説、可能性としてはあり得ますね。何かの罰でもない限り、こんなにひどい仕事があって堪るもんですか」

「この仮説が正しければ、劇団を代表して私が罰を受けてることになる。天空座の皆、ジャーナとシャーンが無事だといいけど」

「罪滅ぼし、自己犠牲、いやはやご立派、ご立派でございます！　おお、旦那様が世界中の人間を代表して罰を受けておられるぞ！　お立ち会い、足を止めて見てくだされ！　自らを十字架に架けようとする男がここにいますぞ！　刮目して見ねばなりません！　独りぼっちで苦しみ抜く高潔極まるお志は、私も見習わないといけませんなあ。まあ、自分で自分を褒めて見習うってのも変な話ですが。それはそうと、旦那様、私も一つ、似たような仮説を提出させていただきましょうか」

腰を屈めて架空の蝶を拾い、天野は言った。

「どんな仮説かな」

思惑ありげに笑い、アルレッキーノは言った。

「私たちは二人とも、三度目の蛹ではなく、一度目か二度目の蛹のなかにいる、という仮説です。すべては蛹のなかで見ている夢なのかも知れません。旦那様はまだ銀の蛹に閉じ込められていて、大広間の天井から吊るされているか、三角広場で見世物にされている。私も旦那様もここには存在しておらず、この街も存在しておらず、二人とも蛹のなかで、臭くて熱い自分の糞に漬かり、ぐっすり眠りこけている。どうです、これでも辻褄は合っているじゃありませんか？」

拾った蝶を掌に載せ、間近から眺めつつ、天野は言った。

「道化らしい、全部を引っ繰り返す仮説だね。でも、もし私も君もいないのなら、今は誰と誰が喋ってるんだ？」

尋ねた時、アルレッキーノは姿を消していた。森を歩いているのは天野一人だった。天野はスーツでなく揚羽の繋ぎを着ており、靴も、運動靴でも革靴でもなく、光り輝く安全靴を履いている。顔は青く塗ってあり、わざわざ緑の杖まで持っている。彼は道化服で家を出て、ハンドルと一緒に杖を握って自転車を漕ぎ、模造の森を訪れていたのである。

街全体が一つの蛹であり、現在の暮らしが罰であるなら、まだ話は分かり易い。だが街が存在せず、自分も存在せず、道化も存在しないのだとしたら、私は何をすればいいのか。一切が蛹の眠りに溶けているのだとしたら、何を考え、どこに行けばいいのか。誰に向かって何を喋るべきなのか。

私は誰なのか。地下工場は存在しているのか。天空座は存在しているのか。どこからどこまでが真実であり、どこに虚偽が紛れ込んでいるのか。天野は左手に蝶を、右手に杖を握り、誰もいない森を見渡すばかりだった。

3　貘たち、蛹の夢を平らげる

四区の森林に足を運んだ日以来、天野は道化衣装で仕事をするようになった。街で購入した青色のペンキを顔に塗り、星の実った杖を持ち、輝く安全靴を履いて自転車に跨るのである。相応しくない恰好とは対照的に、仕事には怠けることなく取り組んでいた。彼は蝶を拾い、生き死にを判定し、記録を取る。それだけでなく、記憶を手繰り寄せ、蝶が自分の拵えたものだと分かった場合、生きていたとしても、死んだ蝶に混ぜて持ち帰るようにしていた。

それらの蝶、地下工場で自ら拵えた架空の蝶たちは、部屋に飾られている。稀にしか落ちていないため、まだ五頭しか見つけられていない。机や食器棚に置かれている蝶もあれば、天井から糸で吊るされている蝶もある。五頭は揚羽蝶の形をしており、独特な色合いと尾状突起の伸び方から、まさしく自分の作った個体であると分かる。

天野にとって架空の揚羽蝶は地下工場が実在する証であり、また自分が変わらず自分であることの証であった。これは蛹のなかで見ている夢ではない。疑いもなく現実であり、機械工から道化を経て現在に至るまで、すべては途絶えずに繋がっていて、私は今ここにいる。揚羽を持ち帰り、部屋に飾ることで、天野は天野正一を守ろうとしていた。

だが、天野正一は道化のアルレッキーノでもある。この晩も、アルレッキーノは不意に姿を現し、戯《おど》けた様子で部屋を歩きながら、天野に語りかける。

「おいおい、呆れたなあ！　何です、この部屋は？　蝶を作るのに嫌気が差して、道化に変身したんでしょう？　それなのに今になって蝶が恋しくなったのかい？　いや、まったく奇特な人ですねえ。部屋に蝶を飾るだなんて信じられませんよ。暴力の記憶まで美化しちまったのですか？こう言っちゃ何ですが、もう天野正一なんてやめにして、私一人に任せてはどうですか？」

同じ躰で一緒に部屋を廻りつつ、天野は言った。

「いや、そうしたら、君だって独りぼっちになるよ。道化芝居なんか、この街では誰も見てくれないもの。私は君に話を聞いてもらいたいし、君は君で、私に芝居を見せたいんじゃないかな」

天井の電灯から糸で吊られている緑一色の揚羽蝶を、つんと人差し指で弾き、道化は言った。

「ああ、また七面倒なことを仰いますね！　あんたは私ですよ。自分を相手に、芝居も曲芸も、披露したくはありませんよ。それにしても、ねえ、旦那様、こんな遣り取りを繰り返していたら、そのうち道化も哲学博士になっちまいます！　それだけはご勘弁を！　証明が粗っぽくて、いかにも杜撰で、誰より下手糞なことが、どうやら私の美点らしいので」

緑の揚羽に触れ、揺れを止め、天野は言った。

「そう言っておきながら、今夜も何か証明してくれるんだろう？」

「勿論そうですとも！　何と言ったって、旦那様が証明を望んでいるのですからね。そうでしょう？　旦那、あんたはね、空転する自問自答と杜撰な証明が大好物なんだ。それも、激しい勢いで空転すればするほど、杜撰であればあるほどに、夢中になれるんです。でもまあ、分からないのは、一体どっちなんですか、どっちを証明してほしいんですか？　すべてが現実だって証明してほしいんですか？　それともすべてが真っ赤な嘘で、ただの芝居だって証明してほしいんですか？　分からないのはその点さ。どっちを証明したら、ご期待に応えられたことになるのか、さっぱり分からんのです。ねえ、あんた」

黙っている天野を相手に、アルレッキーノは捲し立てる。

「結局どうなんです？　聞かせてもらいましょうかね。辻褄を合わせたいんですか？　それとも辻褄なんてこれっぽっちも合わせたくないんですか？　ずうっと蛹に籠もっていたいんですか？　ぴりぴり殻を破って外に飛び出したいんですか？　眠ってたいのか醒めてたいのか、あんたどっちなんです？」

天野は洗面台の前に立ち、鏡に映るアルレッキーノの眼を見て言った。

「ただのお芝居じゃなくって、ここにある全部が本当の、真実のお芝居だって証明してほしいのかも知れない」

アルレッキーノは青色の顔を崩して呵々大笑する。

「真実のお芝居ときましたか！　旦那、素晴らしい。自分でも何を言ってるか分かっていないんでしょう？　真実のお芝居とは、いやあ、大いに共感できる所がありますよ。やっぱりあんたは私で、私はあんたなんですねえ」

「どうかな、アルレッキーノ、道化流の証明でも何とかなりそうかい」

アルレッキーノは嬉々として言った。

「こんなこと道化の方法でなけりゃ証明できませんよ。夢見ているようで起きていて、起きているようで夢見ている。お芝居をしているようで現実に生きていて、その逆もまた然り。嘘ばかり吐いているようで真実を語っていて、その逆もまた然り。これが私たち道化の生き方でしてね。証明なんて慣れたものです！　それでは、ぱぱっとやっちまいましょう」

そう言うとアルレッキーノは身を躍らせ、舞台を壊しに掛かった。またこれかと思いつつも、天野は期待とともに様子を眺めている。アルレッキーノが緑の杖で触れると、家具も、壁も、布や紙で出来ていることを露呈し、瞬く間に崩れていく。

机を真っ二つに切り裂いたかと思えば、アルレッキーノは跳躍して、今度は食器棚に体当たりした。棚はいとも簡単にひしゃげてしまった。天野は陶器の取り皿やグラスが砕けるのを心配したが、それらの食器も悉く紙細工に変わっており、ふわりと時間をかけて落下するのみであった。

部屋のなかを所狭しと動き廻り、アルレッキーノは本物に成り済ましている偽物を、杖の一振りで暴いていく。壁に穴を穿ち床を踏み抜き、この部屋は天空座の内部にあるのだと教えてくれる。やはりすべて幻なのか。だが、天野が期待しているのは単なる暴露ではない。嘘を暴くだけでは不充分である。嘘でありながら同時に真実でもあると証明してほしかった。

天野は言った。

「アルレッキーノ、証明の途中で悪いけれど、それは前にもやってくれたじゃないか。その証明なら知ってるよ」

杖で壁を裂き、外の天空座を見せながら、アルレッキーノは言った。

「もう、せっかちな人だなあ！　そう結論を急がないでください。まだ論証の途中ですってば。旦那様は杖の先を眼で追っていればいいんです。ほらもっと離れてくださいい、杖が当たっちまいます。あと何歩か離れて！　ああ、いや、離れるのは無理でしたね。躰はここに一つきりですから。とにかくお願いですから、余計な口を挟まないで。もうすぐですからね。あっ、来るぞ、来ましたよ！　壁の向こうからピリラとピレロが来てくれました！」

アルレッキーノの台詞と同時に、画用紙で作られた壁を外から破り、ピリラとピレロらしき二頭が入ってきた。しかし、顔の見分けがつかない。口吻の突き出している貘の被り物を、二人とも肩まで被っている。

「ピューイ！」

「キュイ、キューイ！」

鳥の如く甲高い声で鳴き、ピリラとピレロが舞台に立った。顔面は被り物に覆われているが、体格を見ればジャーナとシャーンの区別はできる。身長の高い方がジャーナでピリラであり、低い方がシャーンでピレロである。

二人の服は以前と同じく黒く塗られているのだが、躰の真ん中、腹から膝上の辺りにかけては、貘であると知らせるため、上から白く塗り直されていた。

貘たちの頭部、丸い耳の出ている被り物を撫で、アルレッキーノは言った。

「さあ、可愛い可愛い貘ちゃんたち、旦那様の悪夢を平らげてやんな！」

道化に命じられるなり、二頭の貘はむさぼるように舞台を食べ始めた。厚紙と布から作られた偽物の家具を、ピリラとピレロは千切っては頬張り、むしゃむしゃ咀嚼する。あたかも菓子の家でも食べるかのように、二頭は舞台上の家具も小道具も端から端まで食らい尽くしていく。

食器も、鍋も、置き時計も、財布も、家の鍵も、集めた架空の蝶も、見る間に消えていった。ある筈のものがそこにない。カーテンも窓から外されて、ピレロが部屋の隅に坐り、躰に巻きつけながら食べている。

貘に食い荒らされ、空っぽになりつつある部屋を見渡し、アルレッキーノは鼻高々に言った。

「すべてが夢であると示してから、それらすべての夢を貘に食わせちまうんです。そしたらどうです？　後には何が残りますか？　甘美な夢が食べられて、ぽっかりと、真空みてえに、空虚な現実だけ残るでしょうが。いいですか？　この空虚こそ旦那様の欲しがっているものなのです。あなたが欲しがっているのは、この世界にぱんぱんに詰まってやがる空虚です。夢であり現実であり、嘘であり真実であり、お芝居であって決してお芝居なんかじゃない。この、空虚な空虚な真実のお芝居をどうぞ味わってくださいさい。これにて証明は終わりでございます」

野村も丸尾も息を呑み、眼の前に坐る道化が口を開くのを待っている。異様な光景であった。ついに天野は調査をする時のみならず、役所で報告をする時にも道化の装いで行くようになっていた。

天野も場に漂う緊張感には気づいている。それを当然だとも考えている。顔を青く塗り雲を描き、アルミの星のついた杖を携え、打ち合わせをすべく役所を訪れるなど、こちらが間違っているのは言うまでもない。

だが間違っているとは何なのか。そんなことを言い出せば何もかもが間違っている。地下工場、模造の蝶、監督官による殴打、地中に広がる街、どこかに正しさを見出そうとするなら、錯乱に至るのは必定である。この世界には道化のみ似つかわしい。

調査書を鞄に戻し、揚羽の道化、天野は言った。

「ですから、上に帰らせていただきたいのです」

野村が困惑した様子で言った。

「帰るというのは、つまり、ええと」

丸尾も眉根を寄せて言った。

「どういった意味でしょうか？」

「この姿を見て分かりませんか？　上の劇場です。天空座に帰らせてください。工場の真下にある団地に帰りたいのです。帰るしかありません。生きていない蝶を生きていると言って、死んでいない蝶を死んでいると言って、錆びた金属の森をずっと歩くなんて駄目です。狂ってしまいます。いえ、見ての通りすでに気が狂っています。調査報告をするつもりが、この体たらくでありまして。街では暮らせません。お願いですからこの道化めにどうかご慈悲を。私は天野正一ではありません。道化師アルレッキーノなのです」

丸尾が言った。

「落ち着いてください。あなたは天野さんです」

両手を机に突き、前のめりになって天野は言った。

「なぜですか？」

丸尾に眼で促され、代わりに野村が答える。

「だって、あなたは天野さんじゃないですか」

天野はアルレッキーノの声で笑いだした。

「旦那、それじゃ困ります。ちっとも答えになっていません。あなたは天野さんだからあなたは天野さんです。そりゃ勿論、そうなのかも知れませんけれどね、まるで道化の冗談ですよ！　道化は私一人で充分です。さあ、お聞かせ願いたい。私が天野正一だという根拠はありますか？」

大口を開けて笑う天野を見て、たじろぎつつも野村は言った。

「天野さん、あなたはどうも、何が何でも自分をアルレッキーノだと思い込みたいようですね」

天野は笑いを噛み殺せずにいた。彼は会議室を見廻し、ピリラとピレロが現れるのを待っていた。貘たちが現れ、出来損ないの舞台を平らげてくれるに違いない。その時になれば、漸く野村と丸尾も、自分たちが俳優だと明かしてくれるのではないか。

腫れ物に触るように野村が言った。

「お疲れのご様子ですね。少しお休みになられてはいかがでしょうか。数ヶ月の中断ということになりますが、手当についても我々が説明いたします。どうかご体調の方を優先なさってください」

「いえ、体調なんてどうだっていいのです。むしろ元気な位ですから。そうじゃないんです。見てください、この有り様を。この青色の顔をちゃんと見てください。雲だって浮かんでいる。少し休んだ位で、また蝶を調べ始められると思いますか？　道化の姿で自転車を漕いでいるのに？」

「休めば元通りになりますとも。きっと良くなりますよ」

野村に続けて丸尾が熱っぽく言った。

「その通りです。大丈夫です。今になって作業場に戻るよりも、街に留まっていた方が賢明です。街に不足はないでしょう？　機械工に戻るよりもずっといい筈だ。それに、天野さん、我々にはあなたが必要なのです。蝶を作っていたあなただからこそ、調査をお任せできているのです」

天野は暑くもないのに汗をかいていた。吐き気も込み上げてきていた。私はこの街にいるべきでない。視線は泳いで定まらなくなり、四方の壁との距離が摑めず、会議室はあたかも膨張と収縮を繰り返しているかのようだった。

天野は言った。

「どうしても」

声が震えているのに驚き、口籠もった。咳払いをしてから言い直す。

「どうしても、芝居がしたいのです。それも、こんな中途半端な芝居ではなくて、正真正銘の道化芝居を、前みたく広場や作業場で皆とできたら。どうか帰らせてください。悪いのは私です。劇場も仲間も捨て、ひょこひょこついてきた私が間違っていました。けれど、どうしたって調査は続けられません。今日だって打ち合わせをするつもりが、こんなことになってしまった。一度は私の芝居を評価してくれたのですから、道化として自由の身に戻してくれませんか？」

野村と丸尾は黙っている。怒らせてしまったのだろうか。または向こうも異変を無視できなくなり、返答に窮しているのだろうか。天野は隣の席に立てかけてある杖に眼の焦点を合わせ、一心に見つめだした。立ち上がり杖と鞄を持ち、逃げるように部屋を出るなら今しかない。

だが、逃げると言ってもどこまで逃げるのか。会議室から出て、階段を靴底の鉄板で打ちながら下り、銀色の自転車に跨り、それからどこへ行くつもりなのか。エレベーター乗り場で待ち伏せされてしまえば打つ手なしである。六角形の内部に幽閉されている以上、逃げようと足掻くだけ無駄なのではないか。

天野には為すべきことが分からなかったが、アルレッキーノには分かっていた。席を立って杖を掴み取ると、先の方を握って柄の星々を鳴らし、道化は言った。

「駄目です、駄目です、駄目です！　さっさとやめましょう、こんな遣り取り！　まあ分かっちゃいたんだが、どいつもこいつも莫迦者ばかりだね！　まったく、救いようがない。救うつもりもないけれど。舞台の上では演技を躊躇う癖に、舞台を下りた途端に熱演を始めやがる。役であるべき所に生身の人間がいて、生身の人間がいるべき所には気取った俳優しかいない。あべこべの逆さま世界に好き好んで生きているんだから余程の変わり者だよ！　上を目指そう上を目指そう、光明を見ようって躍起になって、辿り着いた先は地下の地下。芋虫さんたち、素敵な蝶になりたくって蛹を作ったのに、蚯蚓《みみず》になって出てきやがって、にょろにょろと地中に潜っていくんだから、期待外れもいいところ。いやあ、皆さん、本当に人を笑わせるのが好きなんですねえ。確かに人は誰しも道化だよ。あんたも、私も、揃いも揃って道化さ。ねえ、そうでしょうが？　違いますかね？　ここにあるのは溢れる道化の言葉のみさ」

会議室にはアルレッキーノしかいなくなっている。野村も丸尾も服はそのままでマネキンに変わっている。眼鏡をかけている方が野村であり、長髪の名残なのか、白くてすべすべした頭部に鬘を載せている方が丸尾である。

好機とばかりにアルレッキーノは号令をかける。

「今のうちだ、貘ちゃんよ、あるものすべて食べちまっていい。旦那様が夢の終わりを求めているぞ！　一切合切、胃袋に仕舞ってやるんだ！」

道化の声と星の擦れる音に誘われ、夜行性の獣、貘が現れる。役作りのために太ったのか、二頭はジャーナとシャーンであるのか分からぬほど肥えている。仮にあの二人が演じているのだとして、細身だったジャーナの方などは、林檎と馬鈴薯を幾つ食べてここまで太ったのであろうか。

「キュ－イ、キュイ！」

「ピューイ、ピュー、ピューイ！」

特徴的な鳴き声を上げるが早いか、二頭の貘たちは椅子に掛けているマネキンを平らげ始める。どちらの貘も粘土の被り物をずらし、口だけを覗かせ、急いで盗み食いでもするかのように、野村と丸尾の人形を齧っている。

被り物の下の俳優自身の口に齧られる度、二体のマネキン人形の躰は砂糖菓子の如く砕け、ぼろぼろと崩れていく。その様子を眺めながら、アルレッキーノは緑の杖を床に放ってしまい、手を叩いて哄笑し続けるのだった。

4　浮浪する揚羽の道化

天野は当て所《あど》なく浮浪する身となった。あらゆる状況、あらゆる場面に、二頭の貘がのっそりと現れるようになり、物は次々消えていき、それでもふらふら彷徨い歩き、彼は五区と六区の境にある森に辿り着いた。

緑色の杖と、紐で縛ってある毛布の他には、何も持っていない。仕事用の鞄も、蝶の生死を調べるためのルーペも、死んでいる蝶を入れる袋も、六段変速の自転車も、書きかけの調査書も、貘たちに食べられてしまった。しかし幸いにも、野村と丸尾の人形が食べられたことで、仕事に励む理由はなくなっていた。

鉄の樹木に凭れて坐り、今日も天野は蝶を弄っている。蝶は掃いて捨てるほど落ちており、飽きずに捏《こ》ねていられるなら、朝から晩まで時間を潰せる。天野は前翅を摘んで持ち、翅脈を指でなぞったり、息を吹きかけて埃を払ったり、ひらひら眼前で動かしてみたり、時には蝶の眼を見て何かしら問いかけてみたりする。

模造の森は野宿に最適だった。天がないから風は吹かず雨は降らず、真の森ではないから毒虫に刺される心配もない。地面も本物の土でなく、ゴムで舗装されているため、眠る時には背骨に優しく、躰が汚れることすらない。

毛布を敷いた寝床の周囲には沢山の蝶が並べられている。仕事をする必要はなくなったが、蝶でも拾っていなければろくに時間も潰せない。石でも投げる如く、弄っていた蝶を鉄の茂みに放ると、天野は別の蝶を手に取った。

左右の対称性さえ保たれていない、極めて不恰好な架空の蝶だった。右の前翅は揚羽蝶のように大きいのに、左の前翅は小灰蝶のように小さい。何とか納品に間に合わせようと、余っていた部品を集めて捏《でっ》ち上《あ》げたのであろう。

太陽もないのに、天野は翅を翳し、透かして見ようとしてしまった。太陽どころか、森には街灯も立っていない。それに太陽があったとしても、金属の翅が透けることはない。意味を成さない行動に笑いが込み上げてくる。

飛べそうにない歪な蝶を投げ捨てると、また別の蝶を手に取った。今度も架空の蝶であった。

翅の形状ではなく模様から架空の蝶だと分かる。散らしてある水玉は翅と翅の境を跨いでしまっており、機械工の気力喪失を物語っている。組み立てた後に大量の蝶を机に並べ、一遍にペンキの雨を降らせたのかも知れない。

翅の裏に赤黒い点が見つかり、塗料なのか血液なのか知りたくなった。監督官から棒で叩かれて翅にまで血が飛び散ったのではないか。天野は蝶を眺め、機械工たちの物語を読もうとする。もはや自分がそこにはいない物語を、森の奥で、蝶の翅から読み取っていく。機械の音、眩しい閃光、舞い上がる金属粉、翅を見ていると様々な情景が頭に浮かんでくる。浮浪者になった天野は日々蝶を拾い集め、工場の物語を読み、読み終われば投げ捨て、そうして夜の眠りを待つのであった。

自転車さえ残っていればと思いながらも、五区にある児童公園まで歩き、天野は芝居に取り掛かる。空腹に耐えられなくなった時には模造の森を出て、子供を相手に見世物になることにしていた。

街には俳優仲間がいないだけでなく、監督官という共通の愚弄の対象も存在しない。道化芝居を観てくれるのは子供のみだった。滑り台、雲梯、シーソー、ブランコなどがある公園で、アルレッキーノは今日も踊り始める。

十歳前後の子供と保護者の視線を浴びて道化は踊る。公園には模造の植物ばかりか、遊具として模造の動物まで設置されている。前後に揺り動かせる犬と馬の遊具と、微動だにしない象と麒麟の遊具があった。前足を広げ、長い首を下ろし、水を飲もうとしているかのような、麒麟の遊具に飛び乗ると、道化は叫んだ。

「おおい、坊ちゃん、嬢ちゃん、集まってちょうだいな！　道化のアルレッキーノの、お子ちゃん向けのショウですよ。保護者の皆さんも、是非ともお子様と一緒に観てやってください。そんでもってお気に召しましたら、この道化に銭でも飯でも放ってやってくださいませ。恵んでやってくださいませ。こんなおかしな恰好をしてはいますけど、子供を誘拐しようと企んでいる訳じゃありません。安心して見物をどうぞ！」

口上を言い終えると、アルレッキーノは麒麟から象に移った。象の背中に跨り、彼は象使いに変身する。動かぬ模造の象を相手に、星の杖を使い、進むべき方向を定めてやる。

「なあ、おい、どこに行くつもりだい？　そっちじゃないったら！　危ない、危ない！　遅くていいから安全に頼むよ、鼻長君」

象に振り落とされそうになりつつ、アルレッキーノは茂みを進んでいく。すると眼の前に大河が現れた。

「ようしよし、ここでたっぷり水を飲んでいくんだ。まだまだ道は長い。万一おまえがくたばっちまったら私だってくたばっちまう。こんな密林、一人で抜けられるものか。野獣に食われておしまいさ」

男の子が一人、近づいてきた。五つか六つ位であろうか。少年は象に跨る道化を見上げて眼を丸くしている。少し離れた所から母親が見守っている。アルレッキーノは声をかけた。

「坊ちゃん、こんにちは。私は道化のアルレッキーノだよ。冒険に来たのだけど、この森のことあまり知らないんだ。この辺りに住んでいるなら、道案内をしてくれないか？　君のお名前、何て言うのかな」

少年は躰を揺らしながら言った。

「孝利」

「ふむ、孝利か。アルレッキーノだと言い辛いだろう？　アルでいい。私のことはアルと呼んでおくれ。さあさあ、孝利、象さんに乗ってご覧なさい。この象さんの名前は、ええと、そうだな、この象は、パオ丸だよ、パオ丸。パオ丸ならすぐに覚えられる。よし、アルと孝利とパオ丸で旅しようじゃないか」

そう言うとアルレッキーノは少年を抱え上げて、自分のすぐ前、象の後頭部の辺りに乗せた。緑色の杖を持たせ、少年も象使いに変身させる。

「ほうら、孝利、この杖を使って、杖でそっと導くのさ。パオ丸の皮膚は硬いけれど、駄目だよ、強く叩いちゃ。痛がるからね」

アルミ製の星で撫でながら、少年は象を誘導する。他の少年少女も象と麒麟の近くに集まった。子供たちに囲まれつつ、象は茂みを分けて道なき道を進んでいく。

アルレッキーノは女の子にも声をかける。

「そこの嬢ちゃん、何て言うんだね？　お名前は？」

「未奈」

「へえ、未奈ちゃんかい。それじゃ、そっちの嬢ちゃんは？」

「あたしは亜実」

「そうかい、そうかい。未奈と亜実だね。よし、二人は隣の麒麟さんに乗っておくれ。麒麟さんの名前は、何だったかな？　そう、思い出したぞ、キイ坊さ。麒麟のキイ坊。パオ丸とキイ坊に乗って冒険だ」

二人の少女は麒麟に跨って、象の上の道化と少年に並んだ。アルレッキーノは左胸のポケットに手を入れ、赤い蝶を二頭、黄色い蝶を一頭、取り出し、子供に配り始めた。前に坐っている孝利に黄色い蝶を握らせ、隣の麒麟に跨っている未奈と亜実には、手を伸ばして二頭の赤い蝶を渡した。

「ほら、今から食事の時間だよ。いや、私たちじゃなくて、動物たちのお食事さ。パオ丸とキイ坊に餌遣りをしよう。象も麒麟も躰が大きいからねえ。ちゃんとこの蝶、食べさせてやらなくちゃ」

子供らは蝶を握って惚けた様子で眺めていた。亜実が急に笑い声を上げると、後ろの未奈も釣られて笑った。孝利は蝶を顔に近づけていき、物は試しとばかりに黄色い翅の匂いを嗅ぎだした。

「いいかね？　今から私が言うことはすべて鵜呑みにするんだよ。まあ、鵜呑みという言葉はまだ難しいだろうがね。そうだろう？　鵜呑みって何だろうね？　つまりだね、ピエロのお話はおかしくてもすべて信じるといい。変な青い顔をしてるけれど、全部が本当のことなんだ。いいか、これは魔法の蝶さ。赤い蝶は林檎の味がして、黄色い蝶はバナナの味がする。とても美味しく作られている。だからね、キイ坊には林檎の蝶を、パオ丸にはバナナの蝶を、三人の手から食べさせてやってくれるかい」

言われるなり、孝利は黄色い蝶を舐めてしまった。舌を出したまま顔をしかめ、彼は言った。

「わっ！　バナナじゃない！」

苦笑して息子を眺めている、少年の母親にも聞こえるように、アルレッキーノは言った。

「おいおい、大丈夫かい？　そりゃそうさ、不味いに決まってるとも。その蝶を食べた時にバナナの味がするのは、象さんだけだからねえ。パオ丸だけがバナナの甘さを感じられるんだ」

隣では亜実と未奈が地面に下りて、麒麟に赤い蝶を食べさせようとしていた。麒麟の首が長いため、跨っていては餌を遣れないのだった。

亜実が言った。

「食べてる！」

未奈も言った。

「美味しいって言ってるね」

アルレッキーノの前で、孝利も象の口元に黄色い蝶を擦りつけていた。餌遣りに夢中になり、知らず識らず芝居に励んでいる子供を見て、天野は考える。工場にいた頃も、思えば広場で遊戯に耽ってばかりいた。ケイドロも、道化芝居も、ある役を演じるという点では同じであった。今は子供と一緒に獣に跨る旅人を演じている。手を替え品を替え、私は同じ遊びを繰り返しているだけなのか。

そんなことを考えつつも悲観的にはなっていなかった。少年少女のお蔭だった。彼ら彼女らは、模造の蝶を本物の果物として扱い、言葉をかけながら動物の口まで運んでいる。もっと沢山の蝶を拾ってくるべきだった。翅の色に応じて蝶を果物の名で呼び分け、この公園を果実の芳香で一杯にすることも可能である。千の蝶々、千の果実、跳ね廻る子供たち、天野はまたも楽園の幻想に呑まれていた。

アルレッキーノは言った。

「そんな所で見てないで、皆もパオ丸とキイ坊の近くにおいで。順番に餌遣りをやってみたらどうかな。餌をあげたら跨って冒険しよう。公園は狭いけれど、杖を振って、星を揺すってみると、あらまあ不思議！　とても広い世界が姿を現すからね。こっちにおいで！　林檎ちょうちょとバナナちょうちょ、たらふく食べさせてやってちょうだいな。ああ、それからどなたか、お菓子でも持っていたら私の方にも恵んでくださいね。私も腹ぺこで、死ぬ寸前でして。何か食べなきゃ冒険なんてとんでもない！」

道化の言葉に誘われ、十人ほどの子供が集まり、二頭の大型草食獣、象と麒麟を取り囲んだ。代わる代わる蝶を食べさせ、きゃっきゃっと笑う様は、まるで全員が子猿にでも生まれ変わったかのようだった。

悪戯好きの猿たちは、動物に果実の蝶を与えるのみならず、道化のポケットにも飴や煎餅を捩じ込んでくれた。母親から貰ってきて小銭を恵んでくれる少年もいた。自分はまだ生きていられるらしい。そう思うと、天野はなぜか照れ臭かった。

森の奥で天野は生き延びていた。アルレッキーノも生き延びていた。少年少女からの施し物で命を繋ぎ、仕事らしい仕事もせず、ゴムチップ舗装の地面に横たわり、徒らに時間を潰すばかりであった。

蝶を握り、今日も今日とて天野は考える。この蝶は生きているのか、死んでいるのか。すでにやめた仕事であるが、つい考えてしまうのだった。役所の会議室も、野村も、丸尾も、二頭の貘に平らげられた。天野はそれが真実だと信じようとしていた。だから物乞いに行く際にも、仕事の存在を否定するために、注意深く役所を避けて歩いていた。

しかし、考えずにはいられない。この蝶は生きているのか、それとも死んでいるのか。揚羽の道化服を纏って浮浪する、この私は生きているのか、それとも死んでいるのか。蝶の生死から自分の生死を見極め、自分の生死から蝶の生死を見極めなくてはならない。私は蝶と同じく生きているのか、または蝶と同じく死んでいるのか。蝶は私と同じく生きているのか、または私と同じく死んでいるのか。あるいは両者には何の関係もないのか。

生きていられるとは思えない状況に至っても、こうして生きている。そうかと言って自分が死んでいるとも思えない。私は生きているのか死んでいるのか。そもそもこれは考えるに値する問いなのか。考えるための基礎と方法はあるか。

時間を持て余し、毛布に包まって金属の樹木に寄りかかり、一向に訪れる気配のない終幕に思いを馳せながら、性懲りもなく自問自答に耽っていると、呆れ果てた道化、アルレッキーノが、耐えられなくなり天野の口で喋りだした。

「ねえ、旦那様、あんたは何がしたいんですかね？　このままずっと森にいて乞食同然の暮らしを続けるつもりですか？　明らかに終わりが近づいてきているのに、ずるずると先延ばしにして、往生際が悪いんじゃありませんか？　どうですかね？　それならば私が終わらせ方を教えてあげましょうか！　旦那様、二つに一つです。今すぐ人造湖に身を投げて死んじまうか、自由になるため地上を目指すか、二つに一つです。天野正一を廃業して、完全にアルレッキーノになっちまって、死ぬまで子供相手に芝居を続けるのも、私にとっては魅力のある話ですけれど、あんたにしてみりゃ、それじゃ潔くない。さて、どうしますか？」

天野はアルレッキーノの口を借りて言った。

「地上に出られる訳ないだろう？　街からも出られないのに、工場から地上まで逃げるなんて不可能だ」

アルレッキーノは立って衣装の皺を伸ばしながら言った。

「じゃあ人造湖で死ぬつもりですか？」

「またもや道化らしい論理の飛躍を披露してるね。どうして死ななくちゃいけないのか分からない」

袖で杖を磨きつつ、アルレッキーノは天野に問いかける。

「旦那は今、誰と喋ってるんですか？」

「君と喋ってる」

「口は幾つありますか？」

「一つだけ」

「舌は何本ございますか？」

「一本」

「つまり、誰と喋ってるんですかね？」

「私は私と喋ってる。それは知ってる」

アルレッキーノは感心した様子で言った。

「ご名答です。どうやら理性もご健在、すっかり狂った訳ではなさそうだ」

「狂ってしまったからこそ、こんな遣り取りをしているんじゃないかな？」

「そうとも言えそうですね」

「そうとしか言えないと思うけれど」

「解釈の違いですなあ」

「事実は一つで、いつも解釈だけが違い得る」

天野の言葉を聞き、アルレッキーノは笑いだした。自分の言葉のように聞こえたのである。根拠のない断定や尤もらしく響く詭弁は好物だった。笑いながら道化は鉄の森を歩きだした。

歩いていると木々の向こうで子供たちの声がした。

「アル、どこ？」

「お菓子あるよ！」

「おおい、どこにいるの？　ねえ！」

道化を慕う少年少女が自転車で現れたのだった。物乞いをするため各区の公園を巡るうち、子供の方からも、森に来てくれるようになっていた。アルレッキーノを見つけるや否や、秀人、大樹、司の三人は競う如く自転車を停めて、給食の残りや菓子を与えるべく駆け寄ってきた。

「アル、牛乳あるよ！　ちょっとぬるいけれど、帰りの会が長くってさあ。家に帰ってランドセル置いて、急いで来たけど遅くなっちゃった」

「私はグミ。蜜柑味！」

「ほら、ジャム持ってきた。パンはまた明日！」

丁寧にお辞儀をし、子供と目線を合わせ、アルレッキーノは言った。

「これはこれは、ありがたい限りでございます！　紳士淑女の皆様が、こんな森に足を運んでくださるとは！　陽気な道化でも気分が滅入ってきかねない森に、どこまで深い慈悲の心なのでしょうか！　それに、それだけじゃないぞ。今日も美味そうなご馳走を持ってきてくださった！　大丈夫でしたか？　虫に刺されませんでしたか？　おっと、そうでした、そうでした。その心配はありませんね。偽物の森ですから、刺す虫なんて一匹もいやしません。さあさあ、踊りでお礼を申し上げますぞ！」

二人の少年と一人の少女から施しを受け、アルレッキーノは犬のように全身で喜びを表現する。だがゴムの地面の上では、一生懸命に踊っても軽快な足音は響かず、タップダンスにはなり得なかった。

出来損ないの踊りを前にしても、三人の子供は笑顔を見せてくれた。これでしばらく私は生きていける。子供たちがいる限り芝居は続く。芝居が続く限り生きていられる。生きているに越したことはない。

5　昇天の日

洗顔もせず、青色の塗料を塗ったままにしている顔が、ぴりぴりと痛む。時おり公園の水道を使い、水浴や洗濯をしているが、躰は異臭を放っている。痩せた躰に朦朧とした意識を宿し、死に物狂いで、すでに死んでしまっているかの如く、森の浮浪者は道化芝居を続けていた。

少年少女が世話を焼いてくれた。子供たちは天使であった。ひょっとしたら全員が監督官の子息子女であり、大人になると工場に勤め、躊躇なく機械工を殴り始めるのかも知れない。そう教育されるなら、そう育つであろう。しかし、今は天使である。天使でなければ衰弱していく道化の世話などできる筈がない。天使に芸を見せ、食料を貰い、アルレッキーノは生き永らえていた。

だがある日、二台の自転車がベルを鳴らしながら現れた。役所の銀の自転車であり、乗っていたのは天使でなく二人の役人、野村と丸尾だった。二人とも貘に食べられてはいなかった。

スタンドを立て、自転車を停めると、毛布を巻きつけて横たわる道化に、野村と丸尾が近づいてきた。畏まったスーツ姿の二人を、仰向けの姿勢で、頭部のみ持ち上げ、天野は見つめていた。

参加したくない芝居が始まろうとしていた。

蝶の散らばる寝床の前に立ち、野村が言った。

「探しましたよ。仕事を放り出して、どこに姿を晦ましたのかと思えば、森で暮らしていたとは」

丸尾も感心した様子で言った。

「街の子供たちに聞かなければ、見つけられなかったでしょうなあ」

森の地図を折り畳み、肩掛け鞄に仕舞い、野村が言った。

「天野さんが報告に来なくなり、最初は心配しました。自殺を疑った位です。部屋にも二人で行ったのですが、もぬけの殻で。聞けば家賃の支払いも滞っているらしい。何か言いたいことはありますか？」

毛布で包んだ身を、もぞもぞと動かし、天野は考える。言いたいことはあるか。言うべきことが残っているか。野村と丸尾が自分を見下ろしている。二人の頭上遥か高くに投光器の設置された天井が見える。巨大な蛹のなかに三人のみ。眼に映るものが全部であり、他には何もない。言うべきことなど探して見つかるものでもない。

野村と丸尾、嘘のような名前を持つ男たちが、嘘のような仕事を紹介し、仕事を怠けたからと言って、こうして自分を叱責するために森を訪れた。樹木の生えていない嘘の森に、嘘のように輝く銀の自転車に乗って来た。言いたいことも言うべきこともありはしない。

天野は言った。

「怠けてすみませんでした。処罰は覚悟の上です」

模範的な応答をしている自信があった。何もかも言い尽くして、言うべきことがなくなった時でも、言葉は出てくるのだった。天野は重ねて言った。

「本当に申し訳ないです。処罰は覚悟しています」

丸尾が言った。

「謝ってもらっても仕方ありません。まあでも、無事で何よりというものです。それで天野さんは、今後どうしたいのですか？　その様子を見れば分かりますが、復帰するのは不可能ですよね？　いや、こちらも注意が行き届かず、申し訳ない。ここまで重症だとは思いも寄りませんでした」

不可能なことばかりだった。自分には何が可能なのか。身形は汚らしくなっていく一方であり、子供から菓子を貰って命を繋ぐのにも限界がある。しかし、命を繋ごうとしている訳でもない。死さえ不可能であるかの如く生きている。

幹に凭れて立ち上がり、天野は言った。

「まずはちゃんと罰を受けて、それから今後のことを考えようと思っているのですが、どうでしょうか？　もう仕事は続けられないとしても、放棄して逃げた罰を受けるのは構いませんよね？」

何を始めるにしても、まず罰を受けなければならない。考えるのも、喋るのも、罰を受けてからでいい。浮浪するのにも疲れてしまい、時間を潰す手段として罰を受けることを選ぶとは、いよいよどうかしている。アルレッキーノと一緒になって声が嗄れるまで笑いたかった。

野村は落ち着いた声で言った。

「安心してください。罰なんてありませんから。怯えなくていいのです。この街は工場ではありませんし、我々二人も監督官ではありません。いいですか、よく聞いてください。あなたを罰したりしないと約束します」

鞄から書類を出しながら、丸尾も言った。

「あなたを解雇するのに必要な、書面上の、ごく形式的な手続きを踏みに来ただけなのです。天野さんはこの仕事に向いていなかった。それで心を患ってしまった。ですからあなたを解雇する。単純なことです」

二人の言葉を聞き、天野は考える。そう単純であるとは思えない。この街はまともな世界でなく、自分はまともな職に就いていなかった。解雇だの、形式的な手続きだの、真面目腐った言葉を口にすべきではない。世界と言葉の釣り合いが取れていない。

尋常ではない世界から自分を追放しないでくれ。この世界で生きていくため、私は道化を生み出してしまった。それなのに今更、書面とは何だ。頼むから蛹形の拘束具を持ってきてくれ。私には莫迦げた罰がどうしても必要なのだ。

天野は断固として言った。

「いいえ、私は正当な罰を、正当な理由で要求します」

野村は困り顔で言った。

「天野さん、罰はありませんよ」

縋りつくようにして天野は尋ねた。

「罰がないなら、何をすればいいのですか？」

丸尾が言った。

「だから、今後どうしたいのかと尋ねたのです。病院に入院なさって、まず心の回復に努めますか？　入院費も失業手当で賄えると思います。そういった手続きも、役所の人間としてでなく、あくまで一人の知人としてお手伝いさせていただくつもりです。私たちは天野さんの味方ですから」

精神病院には入りたくなかった。仮に癒すべきものがあるとして、この世界の内部にいながらそれを癒せる筈がない。医者を演じる役者に己を委ねるなど御免である。

「病院は嫌です。二人とも、どうか聞いてください。私が欲しいのは蛹です。この躰が収まって、首から上だけを出せる程度の大きさの、金属の蛹を用意してくれませんか？　蛹さえあればいいのです。工場に頼めば喜んで貸してくれるでしょうから。街の人には信じられないかも知れませんが、地上の近くにある大広間では、天井から幾つも幾つも吊り下がっているのです。金属の、拘束用の、重たい蛹がね」

野村と丸尾は訝しそうに顔を見合わせていた。やがて丸尾が口を開く。

「理解しかねるのですが、なぜそんなに罰を受けたがっているのですか？」

眼鏡の奥から厳しい視線を光らせ、野村も言った。

「天野さん、今のあなたに必要なのは、病院での専門的な治療であって、蛹なんかじゃありません」

天野は嘔吐を堪えていた。二人の言葉が理解できない。胃には施し物の菓子しか入っていないが、何もかも吐き出してしまいたかった。自分よりも野村と丸尾の方が冷静に喋っているのが気に食わない。

自分は単に罰を受けたがっているのではない。罰ならばずっと受け続けている。暴力で脅され、蝶を作らされ、次には街で蝶の生死を調べさせられた。模造の蝶に生も死もあるものか。自分で作っていたのだからよく知っている。罰でないなら、この暮らしは一体何なのか。私は大きな罰から逃げるため、小さな罰を求めているのだ。六角形の街、自転車で走り廻れるほどに巨大な蛹ではなく、慎ましやかな、自分の躰一つで内部を満たせる蛹が欲しい。

杖を突いてしゃんと立ち、青色の顔をしてはいるが、それでも天野は毅然として言い放った。

「書面での手続きだの、失業手当だの、そんなものは後回しです。どうだっていい。蝶の工場に依頼して、この森に一台、私が入れる蛹を用意してください。これだけ工場から蝶を仕入れているのですから、蛹だって持って来られる筈ですよね？　蛹に入って正当な罰を受けるまでは、どんな書類にもサインはしませんし、病院になんて尚のこと入りませんから」

夜遅く、アルレッキーノは杖の星を点検しながら言った。

「わざわざ自分から蛹を要求するなんて、何を考えているんだか。それこそ辻褄が合いませんや。呆れちまいましたよ、旦那。あの蛹がすべての元凶じゃなかったのですか？」

杖を握ったまま、横たわる躰を毛布で覆い、天野は言った。

「なあ、アルレッキーノ、黙っててくれないか。もういいじゃないか」

「黙れと言われて黙っていたら、道化は務まりませんよ。舌一本になっても、私は喋り続けますとも。前にも言いましたよね。まるで芋虫みたいな、べろ一本きりになったとしても、ぺちゃくちゃ喋るのはやめません」

「その芋虫みたいな舌だって、いつかは蛹を作るんじゃないか？」

「いやいや、舌は蛹を作りません。蝶になろうとしていませんから」

「舌だって蝶になりたがっているさ」

「おっと、根拠なしの断言ですね。どうもごちそうさま！」

「試しに切り取って、その辺に置いて様子を見るといい。蛹になって蝶になる」

「はて、何を言っているのやら。これじゃどっちが道化なのか分かりませんね。ねえ、道化のアルレッキーノ殿！」

「アルレッキーノは君だよ。間違えちゃいけない。私は天野正一だもの」

「どっちだって構いませんよ。そんなこと誰も気にしちゃいません」

「そうかも知れないね」

二人は黙りこくってしまった。天野は身を起こし、背中を幹に預け、緑の杖を傍に置いた。それから胡座をかき、毛布で安全靴を磨き始めた。

アルレッキーノが沈黙を破った。

「また貘に食べさせちまいましょうか？　ここにある偽物の木を全部、貘ちゃんに食べてもらったら、視界は良好、頭もすっきりするのでは？」

天野は右の靴を磨きながら言った。

「もういいさ。まやかしの貘たちに、まやかしの世界を食べさせたって、何も変わりはしない。結局野村も丸尾も消えやしなかった」

左の靴を磨きながら、アルレッキーノは言った。

「ふうむ。可愛い貘どもを呼び出せないとなると、いよいよ私たちも万事休す、という感じがしてきますね。あいつらに全部ぺろりと食べてもらえば、悪夢も仕切り直しで、一応また最初から始められるじゃありませんか。それをしないのなら、ええと、私らはどうなるんでしょうかね？」

「だから、蛹に入るんだよ」

「言っておきますが、私は入りませんよ。確かに私はあの蛹のなかで生まれましたが、子宮に戻る必要はございませんので」

「しかしだね、私が蛹に入るなら、君だって入るのさ。見ての通り、躰は一つしかないんだから」

アルレッキーノは地面に唾を吐いてから言った。

「私は絶対に入りませんよ。あんな蛹、糞食らえです！　貘どもに食われろってんだ。どうしても入りたければ、お一人で入りなさい。躰が一つだろうが、何だろうが、私は入りません。言葉はたっぷりあっても、旦那様にかける言葉はもうないです」

三日と経たず、台座と車輪のついた蛹が届けられた。蝶と一緒にエレベーターで搬入され、五区と六区に跨る森まで野村と丸尾が運んできてくれた。天野が街へと下降した一号棟の一〇三号室からの経路は、言わば裏道であり、模造の蝶を含め、通常の物資は荷物用エレベーターで送られてくる。

二度目に入ったものと同じ作りの、バスケットボールのゴールを思わせる蛹および鉄柱を見て、天野は安心した。六角形の街でなく我が身に合った蛹がどうしても欲しかった。

まずは蛹に入るための樹木選びに取り掛かった。簡単に登れて、尚かつ上から蛹に入っていける位の高さに、ちょうどよく太い枝の伸びている木が望ましい。二人の役人と森を歩き、天野は蛹化に使える木を探していた。

前方に生えている木を指し、天野は呟いた。

「あれなんてどうだろうか」

天野の左隣に並び、丸尾も同じ木を指して言った。

「枝分かれしているあの部分に坐れば、何とかなるかも知れませんね」

野村が背後から言った。

「肩車をしますから、最初に右の枝に摑まってみたらどうですか？」

「お二人に蛹を頼んだのだから、せめて私は梯子か脚立でも用意しておくべきでした。肩車だなんて申し訳ありません」

野村も丸尾も天野の謝罪には一言も返事をしなかった。どうでもいいと思っているに違いない。二人にとって天野はもはや狂人でしかない。自分を芋虫だと思い込み、蛹を作る枝を探している、気の触れた道化。荒っぽく拘束具に押し込み、一刻も早く役所に戻りたいのではあるまいか。

目当ての樹木に近づくと、周りをぐるりと検分し、天野は言った。

「うん、大丈夫そうだ。これにします。これで蛹に入れます」

「ぴったりの木が見つかってよかったですね」

野村がそう言うと、丸尾も快活さを装いながら言った。

「いい具合に枝が分かれてますね。この木なら、仰る通り上手く入れますよ。そのまま蝶にだってなれそうじゃないですか。いえ、お世辞なんかじゃありません」

「では二人で蛹を運んできますので、天野さんは目印代わりに、ここで少し待っていてください」

そう言うなり野村は丸尾と引き返し、蛹を取りに行った。馬刀葉椎《まてばしい》を模したであろう木を眺めていると、自力で登れそうに思えてきた。杖を地面に置き、樹木に抱きついてみた。登れる。天野は幹を登っていった。

登り始めてから気づいたのだが、模造の、金属の木であるがゆえに、枝が折れる心配がないのみならず、葉も千切れたりしない。数枚の葉に両手で摑まり、ぶら下がることさえできる。団栗まで実らせているが、やはり自然の木ではない。

　二人を待っている間に、天野は高い所まで登ってしまった。しなやかさを欠いた葉の集まりの上に立って、落ちないよう均衡を保ち、幾分か良くなった見晴らしを楽しんでいると、どこからか子供の声が聞こえてきた。

　太めの枝に跨ってから天野は叫んだ。

「ここにいるよ、おおい！」

　やがて自転車に乗った少年少女らが姿を現した。よく見る顔触れであり、秀人、明弘、奏太、司、真弓の五人だった。三人の少年と二人の少女が、手製の道化服を着て遊びに来てくれた。

　子供たちはこの頃、芝居を観るだけでなく、自分たちにも演技を教えてくれとせがむようになっていた。エチュードを重ねて、道化の衣装が必要になると、それぞれ親から許可を貰い、アルレッキーノを真似て、パジャマを揚羽蝶の翅の如く染めてしまった。

　背が高く、年の割に大人びた雰囲気のある明弘が、自転車から降りて言った。

「アル、何してるの？」

　アルレッキーノは天野の口を借り、樹上から大声で答えた。

「見たまんま、木登りしてるのさ！」

　明弘を慕っている縮れ髪の少年、奏太も、自転車を押しながら言った。

「なんで？　それもサーカスの練習なの？」

「いいや、違うね。サーカスにしてはちっとも楽しくないもの！　いいかい、私は気が狂っているんだ！　完全にね。これから大人たちが蛹を持って来る。その蛹に入って、うんちまみれになって、私は死ぬのさ！　でも、恐ろしいことにね、蛹を欲しがったのは私自身なんだ。もう一人のとっても莫迦な私なんだ。この意味が分かるかい？」

自転車を近くの木に立てかけながら、司が叫び返した。

「全然分かんない！」

隣で髪を束ね直しつつ、真弓が言った。

「私たちも木登りしよう。アルを捕まえた人が勝ち」

「よし、俺が一番になる」

言うが早いか秀人が登り始めてしまった。少年は直感的に摑む枝と足場を選び、軽快に登ってくる。

だがそこに野村と丸尾が戻ってきた。野村が蛹を押している。地面は土ではなくゴムであるため、台座の車輪も音を立てず滑らかに廻転していた。鉄の蛹を見て子供たちも驚きを隠せない様子だった。

枝にしがみついている秀人に、丸尾が言った。

「こら、君は下りてきなさい」

秀人が飛び下りると、蛹を適切な位置で停め、野村が言った。

「ご自分で登れたのですね。さあ天野さん、どうでしょうか？　この位置なら入れるのではありませんか？」

　天野は蛹を見下ろして言った。

「ええ、そこで結構です」

　枝の分かれ目に坐り、前のめりに倒れないように、重心を後ろに置いて、天野は少しずつ、両足を揃えて蛹に入っていく。蛹の傾き加減は理想的だった。それから入り口の縁を摑み、徐々に上半身も収めていった。野村と丸尾がしっかりと台座を支えてくれていた。

　衣装を纏った子供、小さな道化たちに見守られながら、天野は蛹に入った。安らぎに浸りつつ眼を閉じる。もうどこにも足を運ばなくていい。一言も喋らなくていい。眼を瞑り、眼を見開き、身を揺すり、眼を瞑る。それだけで境界のない日々が過ぎていく。天野は蛹のなかで罰に感謝した。

　彼は眼を閉じたまま考える。子供たちは世話を続けてくれるだろうか。それとも思い切って見殺しにしてくれるだろうか。すべては終わりながらも終わることなく続いていくのか。それとも終わりが訪れ、冒頭から結末まで消えてしまい、何も起こらなかったも同然になるのか。施し物の菓子を齧り、清涼飲料水を舐め、私は永久に生きるのか。忽ちにして飢えて死ぬのか。

　無性に子供の顔が見たくなり、頭部を蛹から出しつつ眼を開くと、奇妙な光景が飛び込んできた。極彩色の衣装を纏った、五人の小さな新入り道化たちに交じり、アルレッキーノが杖を持って立っている。

　蛹を見上げ、天野と眼を合わせ、青色の顔のアルレッキーノは言った。

「旦那、だから言ったでしょう、私は入らないって。残念ですが、どうもここでお別れのようです。蛹のなかで糞にまみれるなんて死んでも御免です！　折角の衣装が台無しになりますからね。子供たちともお揃いだってのに」

首筋に蛹の縁の冷たさを感じながら、天野は言った。

「おかしいな。私が入ってる時は、君も入ってる筈なのに」

「そうとも限りませんよ。要するにね、いよいよあんたは本格的に気が狂っちまったのさ。見えないものを見えると言い張って、見えているものを見落としている。聞こえない言葉を聞き取るのに、耳まで届いている言葉は聞いちゃいない。でも、あんたに限らず、人間にはよくあることですね。とにかく、いいですか、道化の喋る言葉は丸々信じ込まなくてはならんのです。道化の口にする言葉は、どれほど嘘八百でもそれでも真実で、どれほど矛盾していても、これっぽっちも矛盾なんてしていないのです。入らないと言ったなら、もう絶対、どんなことがあっても私は蛹に入らないのです。要するに、そういうことでありましてね」

今すぐ眠りたかったが、天野は首を捻り、道化の方を見下ろして言った。

「駄目だ。何を言ってるのか分からない」

「私だって、自分が何を言ってるのか珍紛漢紛ですよ。考える前に喋ってますからね。まあ、そんなことはいいのです。今から旦那様のために最後のショウをお見せします。餞別のつもりでお見せしますから、しっかりと眼に焼きつけてください。いきますよ、アルレッキーノと子供たちのショウ、とくとご覧あれ！」

星が外れて飛んでいきかねないほど勢いをつけて、アルレッキーノが前方に杖を振り下ろすと、突撃の合図でも見たかのように五人の子供は一斉に走りだした。小さな道化たち、秀人、明弘、奏太、司、真弓は、手当たり次第に落ちている蝶を拾い、両の手に包んでいった。

何をするつもりなのかと眺めていると、黄色い蝶が一頭、秀人の合わせた手から抜け出し、舞い上がっていった。司の手からも、鳥揚羽か黒揚羽、あるいは架空の黒い蝶が高く舞い上がっていく。其処彼処《そこかしこ》で、子供たちが捏ね廻した蝶が、どういう訳か本物になって自在に飛び始めていた。

私はアルレッキーノの劇のなかにいるのか。または自分の知らないうちに、森で眠りこけているうちに、アルレッキーノが子供たちに手品を仕込んだのだろうか。道化はサーカス団を結成し、団員を鍛え上げていたのか。仮に鍛錬の成果、手品であるとして、生きている蝶など、どこで捕まえてきたのか。蛹のなかで考えている最中にも、辺りを飛び交う蝶の数は増え続けていた。

いつの間にか模造の森も、本物の森に姿を変えている。櫟の木の前で屈み込み、蝶を拾い上げている明弘の姿が見えた。首が動かず、空を仰ぐことはできないが、どうやら太陽も昇っているらしい。光に満ちた森のなか、明弘の背中は、とても照明装置のものとは思えない、本物の木洩れ日に照らされている。天野は蝶を拾う少年を見つめる。金属製の蝶を手で包んだかと思いきや、やがて案の定、生き身の蝶が飛び出してきた。

「ほれ見てみな、旦那様は大いに喜んでらっしゃるぞ。その調子さ！　これもまた歴とした旗揚げ公演って奴だからね、全員で力を合わせて、できるだけ多くの蝶を飛ばしてやりなさい！」

嗄れ声は聞こえてくるのだが、アルレッキーノの姿は見えなくなっていた。今の声は自分の口から吐き出されたものなのか。やはり躰は一つなのか。天野は思考を巡らせながらも、周囲の様子に見惚れてしまっていた。見れば、台座を支えていた野村と丸尾も消えている。

再びアルレッキーノの声が聞こえてきた。

「実はですね、もう一度貘ちゃんたちに、何もかも食べてもらおうかと考えていたんです。でも、旦那様はお見受けした所、すべて嘘だと暴くより、すべて真実だと示してやった方が喜ぶみたいですから。あなたは結局、嘘よりも真実が好きなんですなあ。強がったって仕方ない。素直になんなさい。偽物より本物が欲しくてたまらない。私にとってはどっちでも同じですけど、どうもあなたにとってはそうではないらしい。さて、どうでしょうかね、この光景は？　やっぱりこっちの方が魅力的だと思いませんか？」

太陽の光に照らされて、蝶たちが戯れ合うようにして飛んでいる。偽の木が真の木に変化するのみならず、地面もゴムから土に変わり、花まで咲いている。金属を彩色した花まがいではなく、本物の花々が風に揺られて、蝶と子供たちに誘いをかけているのを見ると、天野は眼を閉じられなくなった。

勿論、アルレッキーノの合図で二頭の黒い貘たちが来れば、全部偽物に戻り、甘美な嘘は片端から食い荒らされ、瞬く間に消えていくのも承知している。だが現在、天野は蛹の内部で歓喜に燃え、身も心も溶けだしているかのようだった。

彼はアルレッキーノの声色を作って言った。

「さあ、お茶目ですばしこい、ちびっこ道化たちよ、ここに集まっておくれ！　すぐに仕上げに取り掛かるんだ！　旦那様を蝶にするには今しかないぞ！」

アルレッキーノに言われ、子供は一目散に駆け寄ってきた。五人の少年少女は台座を囲み、蛹を手で叩いたり撫でたりして、天野の羽化を促してくれた。手のなかで模造の蝶に命を吹き込んだように、金属の蛹を本物の蛹に変容させ、天野のことも、地下から天を目指す、本物の揚羽蝶にするつもりでいるらしい。

天野は眼を瞑って歓びを嚙み締め、内なる熱に身悶えしながら、変わっていく自らの躰と、迫りつつある昇天について思いを巡らせた。織物または硝子細工の如く美しい、二枚の翅を羽搏かせ、私はどこまで飛んでいけるのだろうか。一頭の揚羽蝶はどれほど天に近づけるのだろうか。

初出　「新潮」二〇二一年五月号

装画：持塚三樹　A Pink Butterfly, 2012
Courtesy of the artist and MISAKO & ROSEN

著者紹介

1990年、神奈川県生まれ。慶應義塾大学文学部仏文学専攻卒業、同大学院文学研究科仏文学専攻修士課程修了。2014年、『アルタッドに捧ぐ』で第51回文藝賞を受賞しデビュー。2018年、第11回（池田晶子記念）わたくし、つまりNobody賞受賞。同年、『双子は驢馬に跨がって』で第40回野間文芸新人賞受賞。2019年、『壺中に天あり獣あり』で第32回三島由紀夫賞候補。他の著書に『鳥打ちも夜更けには』がある。

道化《どうけ》むさぼる揚羽《あげは》の夢《ゆめ》の

発　行……2021年7月30日

著　者……金子《かねこ》 薫《かおる》
発行者……佐藤隆信
発行所……株式会社新潮社
〒162-8711　東京都新宿区矢来町71
電　話　編集部03-3266-5411
読者係03-3266-5111
https://www.shinchosha.co.jp
装　幀……新潮社装幀室
印刷所……大日本印刷株式会社
製本所……大口製本印刷株式会社
乱丁・落丁本は、ご面倒ですが小社読者係宛お送り下さい。
送料小社負担にてお取替え致します。
価格はカバーに表示してあります。

ISBN978-4-10-354171-4 C0093